POÉSIES DIVERSES

POÉSIES DIVERSES

PAR

Mlle GABRIELLE D***

SUIVIES DE

FRAGMENTS DE SON JOURNAL

PUBLIÉS

PAR LA FAMILLE

VIENNE

IMPRIMERIE SAVIGNÉ

1878

Tiré à 200 exemplaires non destinés au commerce

PREMIÈRE PARTIE

QUELQUES COMPLIMENTS

Composés pour son Neveu

A UN GRAND-PÈRE

(Présenté par P., âgé de 2 ans.)

Oui, je suis de la fête
O grand-père chéri,
Tandis que tout s'apprête,
A vous je viens aussi.

Près de la fleur éclose
Fière de sa grandeur,
Petit bouton de rose
N'a-t-il pas son odeur?

C'est ainsi que l'enfance
Veut briller à son tour
Et, fleur en espérance,
Je suis bouton d'amour.

Si je ne peux vous dire
Ce que je sens déjà,
Mon gracieux sourire
Aujourd'hui parlera.

L'oiseau qui vient de naître
Gazouille faiblement,
Mais l'été va paraître
Pour affermir son chant;

L'agneau faible et timide
Bientôt sera mouton;
Petite chrysalide
Deviendra papillon ;

De journée en journée
Petit poisson grossit,
De même chaque année
Petit enfant grandit.

Si vous voulez attendre
Les jours qui vont venir,
Oh ! vous allez entendre
Votre enfant vous bénir.

Alors pour votre fête
Je pourrai (quel bonheur!)
Sans aucun interprète
Vous présenter mon cœur.

Alors, plein de tendresse,
Je baiserai vos mains,
Et de votre vieillesse
Calmerai les chagrins.

Aujourd'hui sur la terre
Vous dirigez mes pas,
Mais un jour, ô bon père,
Vous trouverez mon bras.

De sa main bienfaitrice
Entre tous mes amis,
Ah ! que Dieu vous bénisse
Comme je vous chéris !

1

Voilà ce que P. exprime par moi-même ;
Dans la petite boîte on met un bon onguent,
Il est jeune, c'est vrai, mais néanmoins il aime,
Car l'amour est inné dans le cœur de l'enfant ;

Si, pourtant, j'ai rendu ma plume trop fertile,
Si j'ai parlé trop tôt de ses vœux de bonheur,
Espérons ; le bon Dieu, d'une main plus habile,
Les écrira lui-même aux feuillets de son cœur.

PREMIER COMPLIMENT

Récité par P., le 1er janvier

Famille que Dieu m'a donnée
Je te souhaite le bonheur,
Et pour cadeau de bonne année
Je te donne mon petit cœur.

Voilà tout ce que je sais dire,
Et pour présent dans ce beau jour,
Je n'ai que mon petit sourire
Mes caresses et mon amour.

UNE PREMIÈRE ROSE

(15 août)

Votre petit garçon n'a que deux ans à peine,
Cependant, bonne mère, on le met dans vos bras,
Et c'est pour vous fêter que vers vous on l'amène,
Dieu ! comment fera-t-il puisqu'il ne parle pas ?

Si bien faible est ma voix, bien grande est ma tendresse,
Et pour me donner part au bonheur de ce jour
Mes amis ont trouvé, malgré la sécheresse,
Une rose fleurie, emblème de l'amour.

Prenez-la, bonne mère, elle n'a point d'épine,
On a su ménager mes délicates mains,
Bientôt j'invoquerai la clémence divine
Pour qu'elle exempte aussi tous vos jours de chagrins.

Comme moi, cette fleur est jeune, fraîche et rose,
Et nous avons tous deux un reflet de bonheur ;
Oui, vous devez la voir joyeuse d'être éclose,
Et moi, trois fois heureux de vous donner mon cœur.

UNE ROSE SANS ÉPINE

(29 *juin*)

Mon grand-père, c'est votre fête ;
Quand on me l'a dit ce matin
J'ai fait pour vous une conquête
En parcourant notre jardin.

C'est une fleur à peine éclose,
Pleine de grâce et de fraîcheur ;
Voyez, sur sa couronne rose
Brillent l'amour et la candeur.

Prenez, elle n'a pas d'épine,
Pour vous mon cœur n'en voulait pas,
De même, ah ! qu'une main divine
Les sorte toujours sous vos pas !

A mon aïeul parle toi-même
Belle rose, gentille fleur ;
Dis-lui que mon petit cœur l'aime
Et souhaite-lui le bonheur.

Que ne peux-tu, pour mon grand-père,
Garder ton parfum quelques jours ?
Tu passeras, fleur éphémère,
Mais moi je l'aimerai toujours.

CE QUE J'AIME

(15 *août*)

Je connais déjà l'espérance,
Déjà mon cœur a ses désirs,
J'aime tout ce qu'aime l'enfance,
Le jeu, la joie et les plaisirs.

J'aime l'air pur de la prairie,
Sur l'herbe j'aime à me rouler,
Je voudrais y passer ma vie
Comme l'eau que j'y vois couler.

J'aime la gentille cocotte
A qui je donne de mon pain,
Et qui, familière, picotte
Jusque dans ma petite main.

J'aime Marius et Marie,
Ce sont mes deux petits amis ;
Si, parfois, je les contrarie,
Du fond du cœur je les chéris.

J'aime la femme prévoyante,
Premier témoin de mes amours,
A qui ma mère confiante
A donné le soin de mes jours.

Mais je l'aime surtout ma mère,
Et déjà, dans mon petit cœur,
Pour ma famille tout entière
J'ai formé des vœux de bonheur.

On dit qu'au ciel il faut que j'aime
Un Dieu qu'à peine je comprends,
On dit qu'il est la bonté même,
Et qu'il écoute les enfants.

Donnez le bonheur à ma tante,
Bon Dieu ! (puisqu'on vous nomme ainsi),
Tendez-lui votre main puissante,
Vous savez que je l'aime aussi, »

Voilà tout ce que je sais dire,
Et pour présent dans ce beau jour,
Je n'ai que mon petit sourire,
Mes caresses et mon amour.

A MA TANTE

(15 *août*)

Pour votre fête, tante et mère,
Je n'ai qu'un bien petit présent,

C'est une guirlande de lierre,
Symbole de l'attachement.

J'y pourrais bien joindre une rose,
Mais elle ne vivrait qu'un jour,
Et j'aurais besoin d'autre chose
Pour vous témoigner mon amour.

Eh bien! au fond de notre tonne
J'irai souvent, à deux genoux,
Réciter à votre patronne
Un *Ave Maria* pour vous.

LES SOUHAITS D'UN PETIT ENFANT

(1er *janvier*)

Mes chers parents,

Ah! si j'étais petit oiseau
Vous auriez mon chant pour étrenne,
Et si j'étais petit agneau,
Ma douceur et ma blanche laine.

Mon cœur ne connaît pas le fiel,!
Et pour toi, famille adorée,
J'aurais de beaux rayons de miel
Si j'étais abeille dorée.

Pour vous, si j'étais le soleil,
Bien loin j'enverrais les orages,
L'hiver je resterais vermeil,
Chassant la neige et les nuages.

Pour vous, si j'étais près de Dieu,
Si seulement, petite étoile,
Je scintillais de ce doux feu
Qui vient quand le soleil se voile ;

Je ne suis qu'un petit enfant
Plein de faiblesse et d'impuissance,
Mais je suis riche cependant,
Parce que Dieu chérit l'enfance.

« Eh bien ! Seigneur, si vous m'aimez,
Lui dirai-je dans ma prière,
« Sur ma famille, ah ! répandez,
« Les biens du ciel et de la terre ! »

UNE PRIÈRE

(3 et 6 juin)

Que vous offrir, bon père et bonne mère,
Petit enfant, que puis-je posséder ?
Rien, chers parents, non, rien sur cette terre ;
Mais au bon Dieu que vais-je demander ?

Il est, dit-on, l'auteur de toutes choses,
C'est Lui qui fait les peines, le bonheur,
C'est Lui qui met les épines aux roses,
Les pleurs, la joie au fond du même cœur.

« Seigneur, Seigneur, pour mon père et ma mère,
« Parmi vos dons, choisissez les plus doux,
« Chassez loin d'eux toute douleur amère
« Et donnez-leur la paix qui vient de vous.

« A moi, Seigneur, accordez la sagesse
« Et mes parents vous béniront un jour ;
« Il ne me faut pour payer leur tendresse,
« Que vos bienfaits, les vertus et l'amour.

SONNET

(20 juin)

Hier dans la verte prairie,
Mes yeux trouvèrent une fleur
Belle des bienfaits du Seigneur,
Au ciel elle aurait fait envie.

Et sa corolle épanouie
Semblait me dire avec douceur :
« Prends-moi si tu veux le bonheur,
« Je suis petite, mais jolie. »

Grand-père, pour votre destin,
J'ai consulté cette fleurette,
Voilà ses fleurons sur ma main ;

Ils ont répété son refrain ;
Comme eux, mon amour vous souhaite,
Un jour heureux sans lendemain.

POUR DIRE MON AMOUR

(15 août)

Pour dire mon amour
Et mes souhaits d'enfant,
Je m'approche à mon tour
Mais hélas ! sans présent.

Sans présent, tante et mère,
En est-il un meilleur
Qu'une tendre prière
S'échappant de mon cœur ?

Votre douce patronne
A reçu ce matin
Une belle couronne
De ma petite main.

Quand un enfant la prie,
Elle entend ses souhaits,
Et moi je la supplie
De vous donner la paix.

QU'APPORTES-TU ?

(1er janvier)

Qu'apportes-tu nouvelle année
D'espoir et d'amour couronnée ?
Tu vas répandre à pleines mains
Tes richesses sur les humains ?

Dans le char brillant que tu traînes
Tu dois avoir beaucoup d'étrennes,
Tu dois avoir des dons de roi !
En trouverai-je un peu pour moi ?

UNE BOURSE ET DES FLEURS

(3 et 6 juin)

Pour votre double fête, ô mon père, ô ma mère,
Il m'est venu du ciel une bourse et des fleurs,
L'ange de la sagesse a rempli la première
Et ce bouquet à Dieu doit ses vives couleurs.

Merci, merci, mon Dieu, je serai toujours sage ;
Pour tous, soir et matin, mon cœur vous priera,
Alors, loin de nos fleurs vous chasserez l'orage,
Et pour mes chers parents ma bourse s'emplira.

Et puis, je songerai pour le jour de la quête
A laisser une part aux pauvres indigents,
Puisse mon faible don, quand ce sera leur fête,
Donner le vrai bonheur à leurs petits enfants !

MON SONGE

(29 juin)

Pour votre fête, cher grand-père,
Je fis hier en m'endormant
Une bien fervente prière,
Et Dieu comprit mes vœux d'enfant.

Pour m'exaucer, avant l'aurore
Il me berça d'un songe heureux,
Ecoutez (il me semble encore
Voir ce spectacle merveilleux).

Je vis d'abord sur un nuage,
Que dorait l'astre du matin,
Un saint vieillard au doux visage
Portant deux clefs d'or à la main.

Il me souleva dans la nue,
Et m'emmena tout palpitant
Par une brillante avenue,
Près d'un portique en diamant.

Puis il me dit : « Entre toi-même
Et vois ce trône glorieux;
Mes clefs, ici, sont un emblème,
Mais la prière ouvre les cieux. »

Et sur ce trône de lumière,
Grand-père, je lus votre nom,
Et puis je rouvris ma paupière
En bénissant votre patron.

CE QUE J'AIME

(15 août)

Je suis jeune, tante chérie,
Mais Dieu qui me tient par la main,

D'amour charme déjà ma vie,
Et mon petit cœur en est plein.

J'aime mon bon père et ma mère,
J'aime les oiseaux et les fleurs,
J'aime votre voix douce et chère
Qui sait si bien sécher mes pleurs.

J'aime à voir sur votre visage
Ce sourire rempli de paix,
Et je veux être toujours sage,
Pour qu'il y demeure à jamais.

J'aime la petite chapelle
Qu'en ce beau jour j'orne pour vous,
J'aime cette vierge immortelle
Qui dans les cieux parle pour nous.

Ah ! puisse-t-elle au Dieu que j'aime
Présenter les vœux de mon cœur,
Et vous apporter elle-même.
La paix, la joie et le bonheur.

L'ESPÉRANCE ET L'AMOUR

(Janvier)

Encore une année écoulée,
Et l'aurore de ce beau jour
Comme un voile s'est déroulée
Donnant l'espoir, montrant l'amour.

L'espoir, c'est un champ plein de graines,
Devant notre regard troublé ;
Pour l'enfant, c'est un champ d'étrennes
Et pour le pauvre un champ de blé.

Puisse le ciel à ma famille,
Donner un jour de l'an sans fin,
Et répandre sous sa faucille
La récolte de tout son grain !

L'amour, c'est, dit-on, la sagesse,
L'obéissance des enfants ;
L'amour, c'est cette douce ivresse
Que je ressens vers mes parents.

Oh ! je veux être toujours sage,
Je veux prier Dieu chaque jour,
Pour qu'il me conserve à tout âge
La douce espérance et l'amour.

SOUHAITS DE NOËL

(Janvier)

L'hiver, de sa tristesse a rempli la nature,
Et mon œil cherche en vain dans la rare verdure
Les fleurs que, cet été, j'offrais à mes parents ;
Qui donc leur parlera de mes doux sentiments ?...

La tige de Jessée, au fond d'une humble crèche,
A vu s'épanouir une fleur belle et fraîche ;
Le Saint-Enfant Jésus, par son divin amour
Exaucera les vœux que je forme en ce jour.

Il sait donner à tous son aimable sourire ;
Chers parents, chers amis, si votre âme soupire,
De ses petites mains il séchera vos pleurs
Et répandra sur vous ses plus douces faveurs.

Puisse-t-il vous donner une entière allégresse,
Mettre dans mon esprit sa divine sagesse,
S'emparer de mon cœur, l'instruire, le former,
Et nous donner à tous le bonheur de l'aimer !

SUIS-JE TROP GRAND ?

(Janvier)

Aujourd'hui, si je parle encore
Du nouvel an qui vient d'éclore,
Dira-t-on que je suis trop grand
Pour réciter un compliment ?

Pour vous aimer est-il un âge ?
Est-il un temps pour être sage ?
Et pour unir sagesse, amour
Peut-on choisir un plus beau jour ?

L'oiseau chante toute sa vie,
Et le ruisseau dans la prairie
Glissant sur la pierre ou la fleur
Garde son murmure enchanteur.

Petit oiseau plein de tendresse,
Pour vous je chanterai sans cesse,
Pour vous, sur mon aile en ces lieux,
J'apporterai les dons des cieux.

Petit ruisseau, comme à ma source
Je veux tout le long de ma course,
Dans un murmure aimant et doux,
Offrir à Dieu des vœux pour tous.

UN BOUQUET D'HIVER

(Janvier)

Si la vie a ses maux, un beau jour les allége,
Et l'hiver a des fleurs au milieu de la neige ;
Cueillons-les, chers parents, c'est pour nous réjouir
Qu'en tout temps le bon Dieu les fait épanouir.

L'Enfant Jésus naissant dans une pauvre étable,
N'est-ce pas une fleur au parfum délectable ?
Violette sacrée, éclose en ces bas lieux,
Et sous un voile obscur cachant le roi des cieux ?

Les enfants doux et bons, dans ces beaux jours de fêtes.
Sont comme en un pré vert de blanches pâquerettes,
Brillantes de bonheur, et trouvant leur gaîté
Dans la vie innocente et la simplicité.

Et le calme du cœur, la conscience pure,
C'est un lis virginal conservant sa parure
Et redressant sa tige au milieu des frimas,
O mon Dieu ! gardez-moi cette fleur ici-bas !

Pour vous, mes chers parents, il en est une encore
Qu'un nouvel an ranime à sa première aurore.
Puissiez-vous la connaître et cueillir chaque jour
Au cœur de votre enfant la rose de l'amour !

HYMNE DE RECONNAISSANCE

(1er *janvier*)

De vos bienfaits, Seigneur, ma coupe est déjà pleine,
Cependant à mes yeux luit encore un beau jour,
Un nouvel an paraît, et dans le char qu'il traîne,
Je vois briller pour moi l'espérance et l'amour.

Aussitôt qu'à la vie
Faible je suis venu,
O puissance infinie
Vous m'avez soutenu !

Dans mon petit empire
Vous avez fait des lois,
Par vous seul je respire,
Je parle, entends et vois.

Je vous dois un bon père
Qui rêve mon bonheur,
Je vous dois une mère
Et lui garde mon cœur.

Tout à côté des peines
Vous placez les plaisirs,
Et moi, j'ai des étrennes
Au gré de mes désirs.

Toujours sous ma faucille
Je trouve le bon grain,
Toujours dans ma famille
Je trouve assez de pain.

De vos bienfaits, Seigneur, ma coupe est déjà pleine,
Cependant, à mes yeux luit encore un beau jour,
Un nouvel an paraît, et dans le char qu'il traîne,
De loin je vois briller l'espérance et l'amour.

Par un seul trait de flamme,
Quand j'ai reçu mon nom,
Vous avez dans mon âme
Gravé le plus beau don.

La foi, vive lumière,
En pénétrant mes sens,
M'a placé, tendre père,
Au rang de vos enfants.

De ma faible jeunesse
Ecartant le danger,
Des cœurs pleins de tendresse
Ont su me diriger.

Un de vos prêtres même,
Chargé de vos faveurs,
Pour un enfant qu'il aime
Redouble ses labeurs.

Et des jours de ma vie
Préparant le plus beau,
Un autre me convie
Au banquet de l'Agneau.

D'allégresse, ô mon Dieu, ma coupe est déjà pleine,
Elle va déborder à ce festin d'amour,
Un nouvel an parait, et dans le char qu'il traine,
Il me semble déjà voir briller ce beau jour.

Aurore fortunée
Je crois t'apercevoir,
O bienheureuse année
Tu me ravis d'espoir.

Mon Dieu, pour ceux que j'aime,
Pour moi venez du ciel,
Et remplissez vous-même
Nos fruits de votre miel,

A ma reconnaissance
Ajoutez vos faveurs,
Soyez la récompense
De tous mes bienfaiteurs.

De vos bienfaits, Seigneur, ma coupe est déjà pleine,
Aux yeux de l'affligé faites luire un beau jour,
Un nouvel an parait, ah ! dans le char qu'il traine
Mettez pour tous les cœurs, la foi, l'espoir, l'amour !

DANS CE JOUR DE BONHEUR

(29 juin)

Dans ce jour de bonheur qu'il m'est doux, cher grand-
En dépit de ma taille, et malgré mes douze ans,   [père,

2

Qu'il m'est doux d'exprimer ma tendresse sincère
Dans un langage fait pour les petits enfants.

Le cœur ne vieillit pas, la riante jeunesse
Saura toujours en lui s'unir à la raison ;
A tout âge le mien bondira d'allégresse
Sitôt que j'entendrai prononcer votre nom.

Tout petit je voulais célébrer votre fête,
Apportant pour présent mon sourire enfantin ;
Depuis près de neuf mois cette fois je m'apprête,
Et mes premiers succès sont pour le vingt-neuf juin.

A trois ans je venais vous offrir une rose,
Symbole parfumé de mon naissant amour,
Permettez, aujourd'hui, qu'à vos pieds je dépose
Quelques fruits de travail récoltés pour ce jour.

Soulevé dans la nuit sur un brillant nuage,
A notre saint patron autrefois je rêvais,
Maintenant les beaux arts m'en présentent l'image
Et mon crayon, pour vous, en reproduit les traits (1).

A mon faible travail je joins cette prière :
Grand saint, par votre nom que nous portons tous deux,
Daignez nous protéger et nous bénir sur terre,
Afin qu'un jour pour nous vos clefs ouvrent les cieux.

LE PETIT DOIGT DE MAMAN

Bonne mère, quand je suis sage
Tu le connais sur mon visage,
Sur mon front même c'est écrit,
Et ton petit doigt te le dit.

Tu t'aperçois d'une sottise
Au même instant qu'elle est commise,
Mais tu sais que j'en suis contrit
Car ton petit doigt te le dit.

(1) En disant ces mots, P. a présenté à son grand-
père une petite esquisse au crayon représentant saint
Pierre.

Cette fois c'est moi qui devine,
Ce cœur qui bat dans ma poitrine
Tu dois savoir qu'il te chérit,
Car ton petit doigt te l'a dit.

LA BOUSSOLE

Bonne mère, voyez ce que j'ai dans la main,
C'est un petit bijou qu'on appelle boussole;
En ce jour, sous vos yeux, je la place à dessein,
De mon amour d'enfant s'y trouve le symbole.

Ainsi que vers le nord se dirige toujours
Du fond de ce cadran une pointe enchantée,
Ainsi je suis vos pas dans leurs moindres contours,
Et mon cœur est pour vous une aiguille aimantée.

LA ROSE EFFEUILLÉE

Pour votre fête, ô tendre mère,
Je cultivais avec bonheur
Une rose!... De mon parterre
C'était bien la plus belle fleur.

Mais souvent notre espoir s'envole,
Hélas ! du soir au lendemain,
Et, de ma rose, la corolle,
Jonchait la terre ce matin.

Le zéphyr avec ses pétales
Jouait malgré mon œil en pleurs,
Traçant mille et mille dédales
Où je suivis mes voyageurs.

L'un d'eux fut poussé sur la route,
Un autre, comme un papillon,
Pensait toujours voler, sans doute,
Mais tomba près d'un limaçon.

J'en vis monter le plus grand nombre
Au sommet d'un brûlant rocher,
Un seul sur la mousse, dans l'ombre,
Près d'un ruisseau vint se cacher.

Je n'avais pas fait ma prière,
Dans mon empressement pour vous,
Mais ma tristesse, ô bonne mère,
Me fit tomber à deux genoux.

« O vous qui réglez toute chose,
« O Dieu, maître du genre humain,
« A toutes mes feuilles de rose
« Aviez-vous tracé ce chemin ?

« Une seule, vers l'onde claire,
« Cherche un abri pour sa fraîcheur,
« Seigneur, ainsi ma tendre mère
« Vers vous sait trouver le bonheur.

« Vous êtes le fleuve d'eau vive
« Où son esquif est arrêté,
« Ah ! quand il quittera la rive
« Donnez-lui votre immensité !... »

Quand j'eus prié, le doux zéphyre
Prit mon pétale de nouveau.
Et je le vis, joyeux navire,
Voguer en paix dans le ruisseau.

UN BAISER

Dialogue pour le 1er de l'an entre un frère et une sœur.

Le Frère

Vivent la joie et les étrennes !
On nous aime, petite sœur,
Et bientôt nos mains seront pleines,
J'en suis déjà fou de bonheur.

Je voudrais un grand jeu de quilles,
Un pantin à chapeau pointu,
Un cheval, un tambour, des billes,
Et toi, ma sœur, que voudrais-tu ?

La Sœur

Je vais songer à quelque chose :
Si j'avais pour ce jour de l'an
Une poupée en robe rose,
Sachant dire papa, maman ?...

Mais non, crois-moi, mon petit frère,
A quoi bon des jouets nouveaux,
Décidément moi je préfère
Un baiser à tous les cadeaux.

(Elle embrasse la personne à qui s'adresse le compliment)

Le Frère

C'est vrai, rien ne vaut les caresses,
Rien ne me rendra plus heureux,
Un joujou, c'est bien vite en pièces,
Un baiser je l'ai quand je veux.

(Il embrasse à son tour la personne à qui s'adresse le
compliment.)

BOUTON DE ROSE

Près de la fleur éclose
Fière de sa grandeur,
Petit bouton de rose
N'a-t-il pas son odeur?

Petit enfant bien sage
Ne peut-il déposer,
Sur votre doux visage
A son tour un baiser?

L'âge de l'innocence
Doit vous plaire en ce jour,
C'est la fleur d'espérance,
C'est le bouton d'amour.

LE NID DÉSERT

Un jour, j'avais fini mes courses enfantines
    Dans un riant bosquet,
Et mon œil découvrant un buisson d'églantines,
    J'en faisais un bouquet.

Soudain je m'arrêtai : sur la plus haute branche
    Etait un nid charmant ;
Vers quatre ou cinq petits, la mère grise et blanche
    Venait en sautillant.

Le père près de là chantait à perdre haleine,
    Oh ! qu'ils étaient heureux!
Pour ne pas les troubler, pendant une semaine
    Je n'allai plus vers eux.

Quand je revis ce nid, hélas ! il était vide ;
   Ah ! les petits ingrats,
La fauvette appelait, mais dans un vol rapide
   Ils prenaient leurs ébats.

Ils ne revinrent pas. Ah ! pour moi, tendre mère,
   A votre doux appel,
Toujours je répondrai : gardez-moi ma volière
   Et mon nid paternel.

Rien ne vaut le duvet sur lequel je sommeille
   A l'abri du vautour ;
Parents à l'œil craintif qui toujours me surveille,
   Rien ne vaut votre amour.

PLUS JE VOUS VOIS, PLUS JE VOUS AIME

(Dialogue)

L'enfant

Que fais-tu fleur d'azur, dans le naissant gazon
   Où la main du Seigneur te sème ?
Je voudrais te cueillir, dis-moi quel est ton nom.

La fleur

Plus je vous vois, plus je vous aime.

L'enfant

C'est toi que je cherchais, ô gracieuse fleur,
   Viens me prêter ton doux emblème,
Viens, viens, parle pour moi, sois l'écho de mon cœur.

La fleur

Plus je vous vois, plus je vous aime.

L'enfant

Si jamais la douleur assombrissait ce front,
   Ma fleur, déride-le toi-même,
Ou bien, au cœur souffrant, dis-moi ce qu'on répond.

La fleur

Plus je vous vois, plus je vous aime.

L'enfant

Nous saurons profiter de tes leçons d'amour,
Petite fleur, touchant emblème,
A notre aïeul aussi nous dirons tour à tour :
Plus je vous vois, plus je vous aime.

La fleur

Plus je vous vois, plus je vous aime.

L'ÉCHO

(Dialogue)

L'enfant

Hier, pour vous fêter mon cœur était en peine ;
Dans les bois, dans les champs je m'attardais en vain,
Un écho jusqu'à moi d'une cloche lointaine
Apporta tout à coup le signal argentin.

L'écho

Tin, tin, tin, tin.

L'enfant

Une cascade au loin roulait son eau limpide,
Et l'écho répétait son éternel glou-glou.

L'écho

Glou-glou, glou-glou.

L'enfant

Un oiseau m'effleura de son aile rapide,
L'écho saisit sa voix et me redit coucou.

L'écho

Coucou, coucou.

L'enfant

Tant de docilité me remplit d'allégresse :
O cher petit écho, m'écriai-je à mon tour,
Toi qui répètes tout, viens servir ma tendresse,
Au cœur qui me chérit raconte mon amour.

L'écho

Amour, amour.

A MON BON ANGE

La nuit quand je sommeille,
Le jour à mon côté,
On dit qu'un ami veille
Avec fidélité.

Ange de mon baptême,
Mon gardien, mon espoir,
De tout mon cœur je t'aime,
Mais je voudrais te voir.

Oh ! je voudrais te suivre,
Quand tu prends ton essor,
Pour tracer sur un livre,
Ma vie en lettres d'or.

Je deviendrais ton frère,
Mais il faudrait mourir,
Et j'ai sur cette terre
Une mère à chérir.

O bon ange, pour elle,
Fais un voyage aux cieux,
Et porte sur ton aile
Ma prière et mes vœux.

Imprime ton image,
Pour faire ton bonheur,
Sur mon jeune visage,
Et surtout dans mon cœur.

LE PLUS BEAU PRÉSENT

Pour dire mon amour
Et mes souhaits d'enfant
Je m'approche à mon tour
Mais hélas! sans présent.

Qu'ai-je dit, tendre père,
En est-il un meilleur
Qu'une douce prière
S'échappant de mon cœur?

Au Dieu de l'innocence
J'ai présenté mes vœux,
Il écoute l'enfance,
Oh ! vous serez heureux !

MINETTE

Tu voudrais bien jouer, Minette,
Aujourd'hui je n'ai pas le temps ;
De mon bon père c'est la fête,
Et pour l'embrasser je l'attends.

Allons Minette, à bas la patte !
Il n'est pas pour toi ce bouquet,
La fleur est chose délicate
Qui ne peut servir de jouet.

Et puis, ne vas pas me distraire
Quand je dirai mon compliment ;
Laisse-moi parler la première,
Reste bien là, sans mouvement ;

Après moi, tu pourras peut-être
Fêter mon père à ta façon :
Sur les genoux de ce bon maître
Tu pourras faire un beau ronron.

LE RÊVE D'UN ENFANT

(20 juin)

Ma bonne mère, hier, avant de m'endormir,
Me dit, P..., bientôt tu verras ton grand-père,
Oui, demain c'est sa fête, et demain va venir ;
En attendant, petit, fais pour lui ta prière.

Mais j'avais si sommeil en bégayant son nom,
Mes paupières d'enfant malgré moi se sont closes.
Dans un rêve bientôt j'entendis un doux son,
Et tout en reposant je vis de belles choses :

Je vis un bel enfant qui vers moi vint s'asseoir,
Il avait un regard affectueux, aimable,
Son vêtement brillait comme l'astre du soir,
De ses lèvres sortait une voix agréable :

Écoute, me dit-il, viens jouer avec moi,
Nous volerons ensemble au-dessus des nuages,
Viens, car de belles fleurs vont éclore pour toi,
J'en donne tous les jours aux enfants qui sont sages.

Son air était si bon, avec lui je partis ;
Oh ! c'était bien l'enfant dont parle ma prière,
Des anges par milliers devant lui réunis,
Vinrent courber leurs fronts inondés de lumière.

Il me fit parcourir le plus beau des jardins ;
Là, d'odorantes fleurs portaient sur leurs calices
Chacune en lettres d'or un de ces mots divins :
Amour, félicité, bonheur, joie et délices.

Cet enfant m'en cueillit un bouquet gracieux :
Pour ton aïeul chéri, me dit sa voix touchante,
Tous les vœux de ton cœur sont montés vers les cieux,
Ces fleurs exauceront ta prière innocente.

Voilà bien quelques fleurs, ô grand-père chéri,
Mais, sur la terre, hélas, elles ont pris leur sève,
Et le divin bouquet que l'enfant m'a cueilli
Est resté dans le ciel ainsi que mon beau rêve

L'ENFANT ET LA PAQUERETTE

L'Enfant

Pour ce jour d'allégresse
Mon présent n'est pas prêt,
Cependant le temps presse
Et l'aurore apparaît.

Bien pensive et seulette
Je vais me consoler
Près de cette fleurette,
Voudra-t-elle parler ?....

On te reconnaît vite
A ton disque doré,
Hé ! bonjour, marguerite,
Que fais tu dans ce pré ?..

La Paquerette

Je m'étale, je m'ouvre,
C'est l'heure du réveil,
Des nuits l'onde me couvre,
Mais voici le soleil.

L'Enfant

Paquerette je t'aime,
Ton calice est si frais !
Veux-tu m'aimer de même
Et je t'emporterai ?...

La Paquerette

Hélas que vas-tu faire ?
Je ne suis qu'une fleur,
Pour moi, loin de la terre,
Il n'est plus de fraîcheur.

Mais je te fais envie,
Allons, viens me cueillir,
Dans ta main si jolie
Je consens à mourir.

L'Enfant

Oh ! merci, Paquerette,
Je te prends, et c'est toi
Qui charmeras la fête,
Tu parleras pour moi.

La Paquerette

Effeuille ma couronne
Pour ta mère en ce jour,
Mourante, je te donne
Bonheur, espoir, amour.

DEUXIÈME PARTIE

POÉSIES DIVERSES

A MON NEVEU P. D***

Mon petit chérubin, au printemps de tes ans,
Je sens déjà pour toi s'animer ma tendresse,
Je voudrais de ton cœur sentir les battements
Et de ta destinée être la prophétesse.
Mais hélas, je ne peux de loin que te chérir
En te laissant encore aux bras de ta nourrice,
Et ma muse, ignorant quel est ton avenir,
Répète seulement : Ah ! que Dieu te bénisse !

Tu n'es encore, enfant, qu'une rose en bouton ;
Eh ! puisse, chaque jour, se raffermir ta tige,
Et que sur toi jamais ne souffle l'aquilon,
Au seul mot de malheur, pour toi mon cœur s'afflige.
Pauvre petite fleur, tu pencherais déjà !
Non, non, rien ne viendra dessécher ton calice ;
Celui qui l'a formé, lui-même l'ouvrira ;
Et c'est pourquoi je dis : Ah ! que Dieu te bénisse !

En toi, petit enfant, chacun met son espoir,
On sourit à ton nom comme à celui d'un ange,
Et chacun dit tout bas : Quand pourrons-nous le voir !
S'il était sur la terre un bonheur sans mélange,
Ta famille, P..., le garderait pour toi.
Du moins, puisqu'ici bas tout n'est que sacrifice,
Chacun peut à son tour te dire comme moi
Au milieu des dangers : Ah ! que Dieu te bénisse !

C'est ton bon père, enfant, qui songe à l'avenir,
A protéger la tienne il consacre sa vie,
Unissant ses labeurs, pour mieux la soutenir,
Au travail quotidien de ta mère chérie ;
Tous deux voudraient semer les roses sous tes pas,
En réservant pour eux l'absinthe du calice.
Les peines, mon enfant, l'amour ne les craint pas,
Mais, du moins, prions Dieu que sa main les bénisse.

Mon ange, à leurs bienfaits tu répondras un jour,
Et ton bon petit cœur payera leur tendresse ;
Mais tandis qu'avec toi grandira ton amour,
Puisses-tu, mon enfant, l'embellir de sagesse.
Tes aïeux ne t'ont pas couronné d'un grand nom,
Mais du vrai noble, un jour, tu connaîtras l'indice ;
Pour moi, dès aujourd'hui, j'écris dans ton blason :
Que la vertu te guide, et que Dieu te bénisse !

Oui, que la vertu soit ton plus bel ornement,
Qu'elle trace à jamais la règle de ta vie,
Et je verrai sortir de son germe puissant
Les trésors merveilleux que pour ton cœur j'envie ;
Obéir, à mon sens, est ton premier devoir,
Sois homme sans fierté, et ferme sans caprice ;
Tu dois plier longtemps avant que de vouloir,
Ton jugement aussi veut que Dieu le bénisse.

Sois simple bien longtemps, ô mon petit neveu,
Que ne peux-tu toujours garder ton innocence !
Et pour mieux mériter les regards du bon Dieu,
Prendre de la raison sans sortir de l'enfance !
Rappelle-toi toujours ces mots doux et touchants
Que l'Homme-Dieu disait durant son sacrifice :
Laissez venir à moi tous ces petits enfants,
Oh ! laissez-les venir, pour que Dieu les bénisse !

P..., on va bientôt t'apprendre à le prier,
Ce Dieu si bon, qui parlait comme un père ;
Mais dans la suite, hélas ! tu pourrais l'oublier,
Riche ou pauvre, entouré de gloire ou de misère,
Souviens-toi que dans lui se trouve le bonheur,
Et non pas dans l'orgueil ou la fange du vice.
Ah ! la religion n'est point un déshonneur,
Aime donc toujours Dieu pour que Dieu te bénisse !

Aujourd'hui, ton amour doit être à tes parents;
C'est d'abord à ton père et ta mère chérie,
Que tu dois consacrer tes plus doux sentiments,
Ensuite, écoute-moi : Tu leur dois bien la vie,
Et l'amour filial t'enchaîne dans leurs bras ;
La branche donne au fruit la sève bienfaitrice ;
Mais elle-même, enfant, la tire de plus bas,
Et c'est le tronc, surtout, qu'il faut que Dieu bénisse.

Notre bon père à tous, et ton aïeul chéri,
Celui qui t'a porté sur les fonts du baptême,
Est l'arbre protecteur qui fait tout notre appui;
Un jour, ah ! puisses-tu l'aimer comme je l'aime,
Et prier l'Eternel de bénir ses travaux!
Aux vœux des innocents que le ciel soit propice,
Car je t'entends déjà balbutier ces mots :
Mon bien-aimé grand-père, ah ! que Dieu vous bénisse!

SOUVENIRS D'ENFANCE

A mes Frères C. et J. D...

Oh! qui nous le rendra ce temps si plein de charmes,
Ce temps où le bonheur illuminait nos yeux ?
Frères, si l'avenir les humecte de larmes,
Espérons retrouver notre jeune âge aux cieux.

Nous étions quatre alors, nous avions une mère
Qui travaillait pour nous et rompait notre pain.
Un jour (ô jour de deuil et de douleur amère!)
Elle dut nous quitter au début du chemin.

Nous étions quatre enfants, notre sœur bien-aimée
Etait dans la vigueur du corps et de l'esprit;
Plus tard, par les élus elle fut réclamée,
Et Dieu, malgré nos pleurs, à son tour, la reprit.

Mais avant ces malheurs, quelle heureuse jeunesse !
Quels jours de pur bonheur nous accordait le ciel !
Frères, ce souvenir me remplit d'allégresse,
Et ce rêve, en mon cœur, verse le plus doux miel.

Oui, parfois, avec vous, je crois jouer encore,
Parfois, je crois revoir ce prêtre, cet ami (1)

(1) Notre excellent oncle, l'abbé Mutin.

3

Dont la main bénissait notre joyeuse aurore,
Et qui par son amour se faisait notre appui.

Je me rappelle encor les avis salutaires,
Qu'à chacun, tour à tour, il venait nous donner,
Et quand nous méritions des leçons plus sévères,
Avec quelle douceur il savait pardonner.

Puis arrivait enfin le jour des récompenses,
Et cet ami, pour nous, redevenait enfant;
Pour nous, il consentait à prendre des vacances,
Lui, directeur zélé, peintre, profond savant.

Oh! qui nous le rendra ce temps si plein de charmes,
Ce temps où le bonheur illuminait nos yeux,
Frères, si l'avenir les humecte de larmes,
Espérons retrouver nos vacances aux cieux.

Vous vous en souvenez: dès l'aube matinale,
Ministre du Seigneur il montait à l'autel,
Et cette voix, pour nous caressante, amicale,
Se revêtait pour Dieu, d'un rhythme solennel,

Et vous, ses chers neveux, vous lui serviez sa messe,
Qu'éprouviez-vous, alors, à ses pieds, à genoux?..
Ah! ne pensiez-vous pas que sa vive tendresse
Plaçait à l'Offertoire un saint désir pour vous?

On rentrait. Nous avions quelques devoirs à faire,
Sans un peu de travail que seraient les loisirs?
Mais il était si bien du fruit l'écorce amère,
Qu'avec lui, la leçon se changeait en plaisirs.

Puis l'exemple était là : travailleur sans relâche,
Près de nous manœuvrait son habile pinceau.
Pendant qu'avec ardeur nous faisions notre tâche,
Lui-même, en quelques tours, ébauchait un tableau.

Nous voulions tour à tour admirer ses peintures,
Et d'un coup de pinceau, bleu, rouge ou violet,
Il aimait à marquer nos riantes figures ,
Si nous avancions trop près du chevalet.

Mais il était des jours de joyeuses parties:
On arrêtait, la veille, et voiture et cheval,
Puis, l'amour maternel, de mille gâteries
Remplissait des paniers pour un repas frugal.

Oh! qui nous le rendra ce temps si plein de charmes,
Ce temps où le bonheur illuminait nos yeux ;
Frères, si l'avenir les humecte de larmes,
Espérons retrouver nos *grands congés* aux cieux.

Debout avec le jour, nous partions fous d'ivresse,
De jouets et d'enfants l'attelage était plein ;
Et sur le siége assis, deux rivaux de tendresse (1),
Pour nous conduire au but se tenaient par la main.

On parcourait ainsi campagnes et villages,
Que de choses s'offraient à nos regards surpris !
Sur les fleurs, animaux, plantes et coquillages,
Le bon naturaliste éclairait nos esprits.

Que notre père aimait cet ange tutélaire !
Ce frère partageant l'amour de ses enfants,
Oh ! suivons cet exemple ! A nous chérir sur terre,
Dé notre courte vie employons les instants.

Et Dieu nous le rendra ce temps si plein de charmes,
Ce temps où le bonheur illuminait nos yeux,
Servons-le dignement dans ce séjour de larmes,
Et nous retrouverons notre famille aux cieux.

LA PAQUERETTE (2)

Sœur de la violette,
Parure de nos champs,
Tu renais, paquerette,
Au souffle du printemps.

Ta corolle si pure,
Tes pétales d'argent
Brillent dans la nature
Aux feux du jour naissant.

Le soir avec tendresse,
Je te regarde encor,
Quand le zéphyr caresse
Tes nombreux fleurons d'or

Gentille marguerite,
O blanche fleur d'été,
Qui te fit si petite
Avec tant de beauté?

Ton Créateur te donne
Cette pure blancheur
Et la belle couronne
Qui compose ta fleur.

Paquerette chérie,
Je t'effeuille souvent,
Pour savoir de la vie
Le destin qui m'attend.

(1) Notre père et notre oncle conduisaient tour à tour la voiture.
(2) Cette pièce, composée pendant mon séjour au Sacré-Cœur, a eu l'honneur d'être imprimée dans la botanique de Chirat (2e édit).

Souvent pour ceux que j'aime,
Promets-moi le bonheur,
Et pour moi sois l'emblème
De l'heureuse candeur.

A Mme W*** (1)

Quand la neige paraît, je revois avec peine,
Les oiseaux émigrants, éviter les frimas ;
Pourtant, j'en connais un que l'hiver nous ramène,
Et qui laisse pour nous de plus tristes climats.

Dans les airs, je le vois voler à tire d'aile,
Mais vainement je cherche à découvrir son nom ;
Il possède lui seul grâce de l'hirondelle,
Douceur de la colombe et gaîté du pinson.

Sa voix peut surpasser rossignol et fauvette,
Mais, moins avare qu'eux, il la donne en tout temps,
Quand il est éloigné, l'écho nous la répète,
Et le vent des Pergots nous apporte ses chants.

Tu devrais, bel oiseau, ne pas quitter la France,
Et demeurer toujours à ton nid paternel,
Mais des amis bien loin réclament ta présence
Et l'hymen te rend sourd à notre doux appel.

Si l'été tu nous fuis, ah ! reviens chaque année
Dans la triste saison pour réjouir nos cœurs ;
Si ta vie est là-bas tendrement enchaînée,
Rapelle-toi qu'ici l'hiver a des douceurs.

A Mme T. G*** (2)

Vous voulez, chère Angèle, aiguillonner ma muse,
A mon faible talent vous demandez des vers ;

---

(1) Mme W***, notre cousine, douée d'une très-belle voix, habitait à cette époque les Pegots (Suisse), et venait passer chaque année une partie de l'hiver à Lyon.
(2) Notre cousine Mme Angèle G... m'avait demandé une pièce de vers.

Mais quand je veux rimer, sachez que je m'amuse
Et le fais moins souvent de droit que de travers.

C'est ma plume d'enfant que vous avez choisie,
Eh bien ! pour contenter votre amour maternel,
J'emprunterai pour vous un peu de poésie
Et j'irai la chercher vers les anges du ciel.

Mais pourquoi loin de vous chercherions-nous des anges,
N'avez-vous pas ici vos deux petits enfants ?
Ceux qui forment vers Dieu les célestes phalanges
Sont-ils plus gracieux, sont-ils plus innocents ?...

Eux-mêmes me diront ce que je dois vous dire,
Et quand, pleins de bonheur, ils vous tendront les mains,
Ma plume tracera leur aimable sourire,
Leurs gestes de tendresse et leurs jeux enfantins.

Paul sera le premier à parler à sa mère,
La nature permet qu'il devance sa sœur,
Mais Marthe, pour aimer, est-elle la dernière ?
Oh ! non, du même sang, ils ont le même cœur !

Ils sont sur un rosier deux frais boutons de roses,
L'un est prêt à s'ouvrir, l'autre aura bien son tour ;
Patience, vos fleurs seront bientôt écloses,
Et confondront vers vous l'odeur de leur amour.

A Mlle L. B*** (1)

Le plus faible talent trouve encor du génie
Lorsque c'est l'amitié qui dirige ses pas,
C'est des bons sentiments que naît la poésie,
Pour vous, Mademoiselle, ah ! qui n'en aurait pas ?...

Qui n'aurait un soupir à mêler à ta plainte,
Toi qui n'oses rentrer à ton nid paternel,
Toi, dont la mère, hélas ! par le chasseur atteinte,
Pour la première fois, t'abreuve dans le fiel ?

Va, va, petit oiseau, les douceurs maternelles
Ne seront pas là-bas pour charmer ton retour,
Ta mère, hélas ! sur toi n'étendra plus ses ailes,
Mais sa mort, de ton nid n'a pas chassé l'amour.

(1) Venue d'Arles à Lyon, après la mort de sa mère.

3.

L'amour! mais n'est-il pas dans le cœur de ton père,
Et ne doit-il pas être imprimé dans ton cœur?....
Si vous venez de perdre une épouse, une mère,
Ne pouvez-vous donc plus espérer le bonheur?

Ton nid, petit oiseau, renferme encor des charmes,
Va, puis rappelle-toi ce pays étranger
Où tu vins en passant reposer tes alarmes,
Où tu trouvas des cœurs faits pour les partager.

A Mme C***

Pour la naissance de sa fille

Q'ai-je aperçu? parmi ces mille fleurs écloses,
Est-ce encore une fleur s'étalant au soleil,
Ou bien un papillon, de qui le mois des roses
    Hâte le doux réveil?

Du zéphyr se glissant sous notre frais ombrage
Est-ce le bruit plaintif que j'entends en ce lieu?...
Oh! de ce petit cri, plus vif est le langage,
    C'est le souffle de Dieu.

Oui, vous l'avez voulu, Maître de la nature,
Et, par vous, une mère a vu combler ses vœux,
Par vous, puisse grandir l'aimable créature
    Qui vient d'ouvrir les yeux!

Enfant, ne pleure pas, approche du breuvage,
Goûte, il n'a rien encor, pour toi, de trop amer,
Viens voguer avec nous. Le temps est un voyage
    Et la vie une mer.

A ses vagues, déjà, le destin t'abandonne,
Et je vois s'élever, au loin, plus d'un récif,
Marie! ah! ne crains rien, ta divine patronne
    Conduira ton esquif.

En recueillant gaîment ton beau sourire d'ange,
Du fond de notre cœur, nous demandons au ciel
De créer, pour tes jours, un bonheur sans mélange,
    Un calice sans fiel.

Repose donc en paix sur le sein de ta mère,
Fixe sur elle, enfant, tout l'azur de tes yeux,

Bientôt tu donneras ce regard à ton père,
 Et ton cœur à tous deux.

Ton frère sera-t-il jaloux de leurs tendresses?
Non, non, charmants oiseaux, vous aurez tour à tour
Dans le nid paternel votre lot de caresses
 Et votre part d'amour.

LA PROVIDENCE

I

Ton gracieux calice et ta couronne rose,
 Petite fleur à peine éclose,
Sous l'ardeur du soleil semblent déjà pâlir,
 Hélas! bientôt tu vas périr!
Mais qu'ai-je dit?... Soudain le zéphyr te balance,
Au jour de sécheresse a succédé le soir,
Et Dieu répand sur toi la rosée et l'espoir
Que réservait au ciel sa douce *Providence*;
 Tu vas retrouver ta vigueur,
 Redresse-toi, *petite fleur*.

II

Nous allons voir bientôt et la neige et le givre,
 Hélas! comment pourras-tu vivre,
Chantre de nos bosquets, pauvre *petit oiseau*
 Dont l'hiver creuse le tombeau.
Non, non, chante toujours et vis dans l'espérance,
Dieu poussera ton aile à côté de ce grain
Que le glaneur, hier, perdit sur le chemin,
Bénis donc à jamais la sainte *Providence*,
 Gazouille ton chant le plus beau
 En son honneur, *petit oiseau*.

III

Il neige... et dans l'horreur d'une nuit meurtrière,
 Petit enfant, ta propre mère
Au seuil du temple saint est venue en tremblant
 Déposer ton corps innocent;
Ah! tu vas succomber au froid, à la souffrance!
Mais non, ne pleure plus, voici venir le jour!

D'une mère, bientôt, Dieu te rendra l'amour,
Une vierge viendra servir sa *Providence*,
Vers toi déjà son bras s'étend
Console-toi, *petit enfant*.

IV

Hélas! dans notre vie errante et passagère,
Nous sommes des *enfants* sans mère,
Des *oiseaux* sans pâture, ou de mourantes *fleurs*...
Ainsi le disent nos douleurs.
Mais nous avons pour nous la sublime espérance,
Seigneur, dans l'océan de votre volonté,
Qui donc nous donne encor paix et tranquilité?...
C'est l'ancre de salut de votre *Providence*,
Et malgré les vents furieux,
Le port du ciel luit à nos yeux.

TU FERAIS PLEURER LE BON DIEU

Enfant, ta main prompte et mutine
A mis en pièces tes jouets
Et voici qu'une ardeur lutine
Te conduit dans mes frais bosquets.
Les églantines sont écloses,
De grâce, épargne-les un peu;
En effeuillant toutes les roses
Tu ferais pleurer le bon Dieu.

Le livre où je t'apprends à lire,
Hier par toi fut déchiré,
Et maintenant tu vas détruire
La mouche au corsage doré.
A *l'alphabet* de la nature
Laisse au moins ce papillon bleu,
Tes doigts terniraient sa peinture,
Tu ferais pleurer le bon Dieu.

Là-bas, dans ta course folâtre,
Tu vas trouver, sur le coteau,
Paissant aux pieds d'un jeune pâtre,
Un tranquille et nombreux troupeau.

Quoi ?... déjà tu prends une pierre,
Cruel ! ah ! ce n'est pas un jeu,
Blesser l'agneau près de sa mère !
C'est faire pleurer le bon Dieu.

Ecoute encore un doux murmure,
C'est la voix de ce gai ruisseau,
De ta vie innocente et pure,
Puisse-t-il être le tableau !
Mais laisse-lui franchir sa course,
Jusqu'aux confins de ce lac bleu ;
En le détournant de sa source,
Tu ferais pleurer le bon Dieu.

Voici que la cloche argentine
Annonce le déclin du jour,
Un repas, ta couche enfantine,
Sont préparés pour le retour.
Enfant, vas clore ta paupière,
Mais quoique lassé par le jeu,
Oh ! ne laisse pas ta prière,
Tu ferais pleurer le bon Dieu.

L'ASSOMPTION

De la Rédemption l'œuvre était achevée ;
De sa coupe, Marie avait vidé le fiel,
Et par d'ardents désirs son âme soulevée
    N'aspirait plus qu'au ciel.

Un jour, (pour ses enfants, jour de tristesse amère),
D'un sommeil tout divin on le vit s'endormir,
De ses lèvres sortit un sourire de mère,
    Puis son dernier soupir !...

Les Apôtres pleuraient... Eh ! pourquoi tant d'alarmes,
Ne connaissez-vous pas son généreux amour ?...
Au séjour immortel, seul digne de ses charmes,
    Vous la verrez un jour.

De parfums et de fleurs on prépare une tombe,
Mais la corruption n'atteindra pas ces lieux.
Je vous vois, Vierge pure, ainsi qu'une colombe
    Vous envoler aux cieux.

Allez, Mère d'amour, recevoir la couronne
Qui scintille pour vous dans les mains de Jésus;
Mais donnez-nous un jour accès vers votre trône
  Au palais des élus.

L'OISEAU CAPTIF (1)

Un tout petit oiseau parcourait la campagne,
Heureux, il voltigeait sans peine et sans soucis,
Mais il s'écarta trop de sa douce montagne,
    Petit oiseau fut pris.

Chacun était jaloux d'entendre son ramage,
Et pour sa belle voix, on le rendit captif,
Mais il ne modula, dans son étroite cage,
    Qu'un chant triste et plaintif:

« Adieu ma liberté, toi qui m'étais si chère !
« Chantez, chantez toujours, oiseaux de la forêt,
« Hélas ! moi j'ai perdu les doux soins de ma mère,
    « Et mon nid de duvet!

« Je me souviens surtout des douceurs maternelles :
« Le soir, ou quand le vent se prenait à mugir,
« Sur mon nid bien-aimé ma mère ouvrait ses ailes,
    « Et j'allais m'y blottir.

« Puis, quand le triste hiver ramenait la froidure,
« J'allais, dans le lointain, retrouver le printemps,
« Et je voyais encor forêts, fraîche verdure,
    « Pour animer mes chants.

« Mais en ce jour, hélas! bien loin de ma patrie,
« Bien loin de mon doux nid, je dis un chant plaintif;
« Dans la prison de fer, oh ! qu'amère est la vie
    « Pour le pauvre captif!

« Il est vrai qu'on me sert et du sucre et des graines,
« On m'appelle *Petit*, je suis l'oiseau gâté,
« Mais que sont tous ces biens à qui vit dans les chaînes
    « Et sans la liberté ?

(1) Cette pièce a été insérée dans le *Conseiller des Dames et
des Demoiselles*, en 1859-60.

« O vous, petits oiseaux qui jouez sous l'ombrage,
« Venez, chers compagnons de mes anciens beaux jours,
« Venez me visiter, venez devant ma cage,
     « Je vous aime toujours !

« Mais hélas ! des beaux jours la saison est passée,
« Et mes petits amis ont déserté ces lieux,
« Leur troupe dans son vol loin de moi s'est lancée
     « Sous un ciel plus heureux.

« Ah ! de grâce, rompez ces trop cruelles chaînes,
« De ma captivité venez me déliver
« Pour que je puisse encor dans les plages lointaines
     « Auprès d'eux m'envoler ! »

Hélas ! on n'ouvrit point cette maudite cage,
Mais... plus de liberté, partant plus de bonheur ;
On attendit en vain son gracieux ramage,
     Il mourut de douleur.

UN INSTANT DE BONHEUR (1)

Lève-toi, corps mortel, lève-toi, prends des ailes,
Pour une fois au moins, fais route avec mon cœur,
Le soleil a lancé de vives étincelles,
Partons... Dieu nous accorde un instant de bonheur.

Laissons les noirs soucis au pied de la colline
Pour monter au sommet qu'ils ne connaissent pas.
Mais... qu'entends-je ? déjà cette voix argentine ?
O cœur ! tes battements ralentissent mes pas.

Serais-je plus saisie aux éclats du tonnerre,
Q'à ces sons répétés, calmes, graves et lents ?
Et si le ciel venait à me rendre ma mère,
Trouverais-je à sa voix de plus tendres accents ?

Cloche du Sacré-Cœur, à ton appel suprême
Si souvent entendu, je veux répondre encor,
Et dans l'ombreux sentier, pour jouir de Dieu même,
Pauvre oiseau passager je guide mon essor.

(1) Une journée passée au Sacré-Cœur des Chartreux, pour la
fête de la maison, et dix ans après ma sortie.

J'atteins enfin le seuil du modeste portique,
Et je vois, à l'autel, l'apôtre de Jésus
Préparant pour ce jour de gloire pacifique,
Les dons du divin Cœur et le Pain des élus.

De vierges et d'enfants autour de lui se presse
L'essaim qui de sa foi va recueillir le miel,
Et de sa douce voix l'éloquente tendresse
Répand dans tous les cœurs un avant-goût du ciel.

Un cantique pieux, de l'heure solennelle
Annonce l'arrivée... O Seigneur, vous voici!
Que ne puis-je dresser ma tente sous votre aile !
Que ne puis-je y mourir ! On est si bien ici !

Je veux du moins mêler les élans de mon âme,
Aux vœux que renouvelle à genoux votre cour (1),
Et confondra au foyer de son ardente flamme,
Le rayon vacillant de mon trop faible amour.

Au banquet virginal je peux m'asseoir encore (2),
Jésus !.. vous m'invitez... oui, j'entends votre voix,
Et je crois voir briller la ravissante aurore,
Où, là, je vous reçus pour la première fois.

C'est là que j'ai connu la splendeur de vos charmes,
Eternelle beauté ! Doux ciel du Sacré-Cœur,
Dans ton heureuse enceinte oubliant les alarmes,
Je reviens toute entière *à mes jours de bonheur.*

A ton joyeux congé, jeunesse fortunée,
Laisse-moi prendre part, je vais suivre tes pas,
Accepte ma présence encore une journée
Dans tous les lieux chéris où tu prends tes ébats.

Je revois avec joie et mes anciens ombrages
Et les salles d'étude et celles de nos jeux,
Je reconnais partout quelques riants visages,
A chaque pas je trouve un souvenir pieux.

Là-bas s'élève encore la touchante Madone,
Qu'on distingue de loin, au reflet d'un ciel pur.

---

(1) Le jour de la fête du S.-C., la communauté fait à haute voix
la rénovation des vœux.
(2) Les anciennes élèves non mariées entrent seules à la chapelle.

Comme à tous ces enfants, son amour me redonne
La médaille nouvelle et le ruban d'azur (1).

Quand mon cœur s'abandonne aux regrets de l'absence
Il trouve au même instant de quoi les adoucir :
Du père bien-aimé qui guida mon enfance,
Un père avec bonté m'offre le souvenir (2).

Sous un manteau de pourpre (3), à l'exemple d'Elie,
Notre mère a laissé son titre et ses vertus,
Mais dans l'accueil touchant de sa fille chérie,
Les trésors de son cœur soudain me sont rendus.

Au repas des enfants sa tendresse m'attire,
Je te savoure, encore, ô pain du Sacré-Cœur !
A soutenir mes jours toi seul pourrais suffire
Si le ciel prolongeait cet instant de bonheur.

Mais, hélas ! le jour fuit et cet instant s'envole,
Mon âme, allons prier. Avant notre départ
Au pain plus doux encor de la sainte parole
Le divin Cœur nous donne une dernière part.

Merci, mon Dieu, vos dons raniment mon courage,
Et ce jour de bonheur a réchauffé ma foi ;
Je suis prête à souffrir ; mais dans l'aride plage
Avant de m'envoyer, Jésus, bénissez-moi.

Adieu, fête d'amour, avec le mois des roses
Sur les degrés du temps tu vas t'évanouir ;
Mais non, tu ne fuis pas, dans mon cœur tu reposes
Et rien n'en chassera le touchant souvenir.

Cette pièce a été trouvée dans la main du Saint Enfant
Jésus, au pied d'un arbre de Noël

LE SAINT ENFANT JÉSUS

A P...

Cher frère, prends et lis ; tes plus belles étrennes
    Les voilà dans ma main ;

(1) La médaille d'enfant de Marie nouvellement changée.
(2) Le père Chirat, décédé, et le père de Saint-Pulgent, aumônier
actuel.
(3) Le manteau d'adoration.

Les dons du nouvel an, dont ces branches sont pleines,
    A côté ne sont rien.

Je t'aime! cher petit, et pour toi sur la terre
    Je me suis fait enfant,
Et j'ai quitté le ciel pour cette vie amère
    Où l'on vient en pleurant.

Je t'aime... Oh! dans ton cœur viens recueillir mes
    Et fais-en ton trésor;   [larmes
Puisses-tu, mon enfant, y découvrir des charmes
    Plus précieux que l'or!

Je t'aime... Viens aussi recevoir mon sourire,
    Mérite-le toujours,
Et plus tard, dans l'épreuve, ah! qu'il puisse suffire
    A consoler tes jours.

Je t'aime... et pour cet an dont l'aurore nouvelle
    Vient combler ton désir,
Pour la treizième fois, d'une main fraternelle,
    Laisse-moi te bénir.

POUR UNE FÊTE DE FAMILLE

(La muse Erato, cachée dans un gâteau de Savoie, et
poussée par un ressort, apparaît tout à coup aux
yeux des convives, tenant en main la pièce ci-dessous.)

Salut, paix et bonheur, convives bien aimés!
De me voir en ces lieux, cessez d'être étonnés,
Je viens fêter aussi vos chères hirondelles (1)
Et leur dire avec vous d'être toujours fidèles ;
Dans quelques jours, hélas, si le cruel destin
Vous les ravit déjà pour un climat lointain,
Que leur retour bientôt apaise vos alarmes,
Que vous goûtiez encor leurs grâces et leurs charmes !
C'est pour vous exposer cet aimable souhait
Que je suis apparue à ce joyeux banquet ;
Je me nomme Erato, je suis la poésie,
Et suis fière pour vous d'avoir été choisie.

(1) Deux membres de la famille de retour d'un voyage.

Ainsi que mes deux sœurs,
Par sa musique, Euterpe a réjoui vos cœurs,
Par sa danse a charmé le jeune Terpsichore,
Quelles muses pourraient vous récréer encore ?
Jupiter a promis de ne rien refuser
Quand des amis, ensemble, oseront désirer.
Dans mes sœurs choisez : histoire, comédie,
Tragédie, éloquence, enfin astronomie.
Jupiter, dans vos cœurs a vu votre désir :
Melpomène !... Thalie !... hâtez-vous de venir (1).

A UN AUTEUR INCONNU

Félicitation pour une critique contre Béranger

Ami de la vertu, l'élan de votre plume
Encourage la mienne, et la même amertume
  Qui vous dicta vos vers
Déborde de mon cœur aussi bien que du vôtre
Quand je lis les écrits du trop fidèle apôtre
  Du monde et des enfers.

Comme vous, je permets à tous la poésie,
C'est une belle fleur du jardin de la vie,
  Chacun peut la cueillir ;
Mais que chacun la garde et l'éloigne du vice
S'il ne veut bientôt voir son radieux calice
  Pencher et se flétrir,

Pourquoi tous comme vous n'ont-ils pas la voix pure?
Il est beau, dites-vous, de chanter la nature,
  Le Christ et son amour ;
Soyez cent fois béni pour ces douces paroles,
Béranger ne vit plus: adieu, pièces frivoles,
  Vérité, c'est ton tour !

Pour attaquer le ciel, qu'un auteur misérable
Chante encor comme lui, le jeu, le vin, la table
  Et les plaisirs charnels,

(1) A la lecture de ces dernier mots, un théâtre de Guignol, dissimulé derrière une tapisserie, est mis à découvert, et une pièce commence.

Nous retrouverons Dieu dans le fond de votre âme,
Et la religion n'éteindra pas sa flamme
    Au souffle des mortels.

Vous avez su trouver la voix du vrai poëte ;
Dieu, c'est notre grand tout : après vous je répète
    Que le reste n'est rien.
Il place dans nos mains une lyre suprême ;
Roi de la poésie, il nous dicte lui-même
    Le beau, le vrai, le bien (1).

LA VIERGE DE CHOULANS

(Juin)

Il est dans Lyon même une aimable retraite
Où viennent de la ville expirer les clameurs,
Oasis parfumée où l'âme du poëte
Trouverait mille échos, cueillerait mille fleurs ;
Mon cœur, dans ce parterre, a choisi la plus belle :
Rose mystérieuse, à toi mes plus doux chants,
Pour te louer que n'ai-je une lyre immortelle,
    O Vierge de Choulans !

Ici, pour ornement tu n'as que la nature.
Je t'aime quand l'hiver te donne un blanc manteau,
Je t'aime en ce moment sous ce toit de verdure
Où murmure une source, où gazouille un oiseau,
J'aime à ce pur concert mêler une prière,
En ce jour laisse-moi redoubler mes accents,
Laisse-moi t'implorer pour ma famille entière,
    O Vierge de Choulans !

D'un prêtre, d'un ami, la main douce et bénie,
Cultivant les beaux arts en servant le Seigneur,
Tailla dans le granit ton image chérie
Et nous fit don de toi pour nous porter bonheur ;
De ton trône élégant l'arcade inachevée
Retrace à notre esprit des souvenirs touchants,
Tels qu'il te laissa nous t'avons conservée.
    O Vierge de Choulans !

---

(1) Le beau, le vrai, le bien : titre du journal qui avait publié
la pièce de vers.

Nous t'avons proclamée en ces lieux notre Reine;
Préside à nos plaisirs, console nos douleurs,
Ici, de la famille, ah ! resserré la chaîne,
Qu'à tes pieds en ce jour s'unissent tous nos cœurs!
Au foyer paternel fais-nous trouver des charmes,
Et contre ton rocher qui brave les autans,
De la division brise à jamais les armes,
      O Vierge de Choulans !

Du chef de la famille embellis la veillesse,
Que bien longtemps encore il reste parmi nous !
Bénis le cher enfant, objet de sa tendresse,
Qui, tout petit, vers toi vient se mettre à genoux.
Rappelle-lui parfois le lieu de son enfance,
Rappelle-lui l'amour de tous ses vieux parents,
Et pour eux dans son cœur mets la reconnaissance,
      O Vierge de Choulans !

Eh ! pourrai-je oublier les chères voyageuses
Qui vinrent s'abriter dans ton riant séjour ?
Puisqu'elles ont voulu s'y trouver bien heureuses,
N'ont-elles pas aussi des droits à ton amour ?
Loin de nous donne-leur ton doux regard de mère,
Conserve dans ton cœur leurs pieux sentiments,
Car elles t'ont donné leur dernière prière,
      O Vierge de Choulans !

CLOTILDE

Un acrostiche à ma cousine

(3 juin)

Chère et bonne cousine , un père vous appelle,
Loin de nos arbres verts bientôt vous partirez ;
On ne vous verra plus, passagère hirondelle,
Traverser nos bosquets, nos jardins parfumés.
Impatiente déjà vous agitez votre aile,
Lorsque tout près de vous on parle de départ,
Du moins mon cœur toujours vous restera fidèle,
Et dans le vôtre aussi je réclame une part.

Choulans que vous quittez deviendra solitaire;
Les oiseaux, les lapins, les poissons et les fleurs,
Orgueilleux jusqu'alors, et jaloux de vous plaire,
Tristes, silencieux vont répandre des pleurs.
Il le faut... Mais du moins un regret plus sincère,
Le souvenir profond qu'ils ne connaissent pas,
Dans nos cœurs restera. Ils sauront se distraire,
Et nous, nous chercherons la trace de vos pas.

Ce jour nous donne encore un reste d'allégresse :
La fête d'une amie a toujours son soleil;
Oubliant les ennuis, oubliant la tristesse,
Tâchez de profiter de ce rayon vermeil.
Il vous fait recevoir encore une caresse.
Laissez-moi vous donner dans ce bouquet d'adieu
Des amis lyonnais, un parfum de tendresse;
Et l'ange qui, pour vous, ira parler à Dieu (1).

FROUFROU

(Août)

En ce jour, ô muse chérie !
Laisse les oiseaux et les fleurs,
Laisse les champs et la prairie,
Le papillon aux cent couleurs.

A la plus charmante minette,
Viens consacrer un joyeux chant,
Si tant d'honneur la rend coquette,
On l'en aimera tout autant.

Belle *Froufrou*, de la maîtresse
Tu charmes si bien les loisirs,
Que les traits de ta gentillesse
Sont pour elle de vrais plaisirs.

Contre sa main qui te cajole
En passant sur ton poil luisant,
Ta tête, au même instant se frôle
En signe de remerciment.

(1) Un bouquet de fête contenait un petit ange en porcelaine (bénitier).

A sa voix sois toujours fidèle ;
Quand elle prononce ton nom,
En bondissant, va tout près d'elle
Entonner ton petit ronron.

Retiens la griffe menaçante,
Pour elle caché-la toujours,
Reste doucette, caressante,
Et fais-lui patte de velours.

Cependant, parfois sois terrible :
Afin qu'en son nouveau logis
Ta maîtresse dorme paisible,
Sois l'épouvante des souris.

Si tu ne peux la rendre heureuse
Comme ell' l'était autrefois,
Quand elle est triste et soucieuse
Présente-lui ton gai minois.

Près d'elle sois mon interprète,
Saute aujourd'hui sur ses genoux ;
En mon nom, gentille minette,
Dis-lui le plus doux des *miaous* !...

QUELQUES ROSES A ANNA

Muse de l'amitié, viens me donner ta flamme :
Sur mon petit recueil ma chère Anna réclame
Une place qu'elle eut dans le fond de mon cœur,
Dès l'instant où le ciel me la donna pour sœur.

Oui, je vous aime, Anna, mais pour vous le bien dire,
Je voudrais posséder une vibrante lyre,
Et pour gage assuré de mes doux sentiments,
Je voudrais vous offrir de superbes présents.

De l'ange Gabriel, ah ! si j'avais les ailes,
Je volerais au sein des clartés immortelles,
J'irais puiser pour vous dans le divin trésor
Des dons surnaturels plus précieux que l'or.

Si seulement j'étais ou grande dame ou reine,
De vos jours bien aimés j'embellirais la chaîne,
Et pour vous, de la vie épuisant les douceurs,
Sur vos pas, à foison, je répandrais des fleurs.

Bon gré mal gré je veux y semer quelques roses ;
Pour vous, sous mon aiguille elles se sont écloses ;
Bien des jours passeront sans les voir se flétrir,
Mais plus longtemps encor mon cœur veut vous chérir.

A M. LE DOCTEUR R***

*Réponse à une pièce de vers intitulée La Vieille Fille,
sujet donné par G. D., à la demande du docteur*

Vous n'avez pu trahir votre tâche première ;
Disciple d'Esculape, il faut vous découvrir,
Même en faisant des vers, un baume salutaire,
Et dans le fond du cœur quelque plaie à guérir.

Vous vouliez un sujet. Mais, ô surprise étrange !
Un titre aride et sec soudain vous est donné :
La *Vieille Fille !*... Fi ! L'on en fait un mélange
De laideur, d'égoïsme et d'envie incarné.

Que de maux à traiter !.. Hé ! quoi ? c'est votre affaire ;
Allons, docteur, à l'œuvre ! attaquez la laideur !
Vous l'avez dit déjà : tout visage peut plaire,
Si la bonté de l'âme y répand sa splendeur.

Passons à l'égoïsme. Où trouver son remède ?..
Vous l'avez dit encor : dans le triste réduit
Où toujours la douleur à la douleur succède,
Mais où la charité doit veiller jour et nuit.

Des enfants sont en pleurs, accours, ô vieille fille !
Ensevelis leur mère et pare son cercueil ;
Console, s'il se peut, cette triste famille,
Et partage du moins sa douleur et son deuil.

Un noir fléau paraît, le choléra, la peste ;
On s'enfuit. La terreur, l'effroi te font pâlir !...
Pour veiller les mourants, ô vieille fille, reste,
Reste vers leur chevet quand tu devrais périr !

Tu soigneras encore et ton père et ta mère
Pour payer le bonheur de rester auprès d'eux ;
(Des coupes de ta vie, ah ! c'est la plus amère !)
Hélas ! tes mains un jour leur fermeront les yeux.

Mais qui te donnnera cette force sublime ?...
Dieu seul en est la source ; à lui d'orner ton cœur,
A toi d'ouvrir ton âme à son pouvoir intime ;
Par la prière à toi d'enflammer ton ardeur.

Aux pieds des saints autels deviens bonne dévote,
Alors sans médecin tu pourras te guérir ;
Alors de tous les maux tu sauras l'antidote,
Et tu ne craindras pas de vivre et de vieillir.

Point d'envie en ton cœur ; non, point de *jalousie*.
Que voudrais-tu de plus ? Epouse du Seigneur,
Mère des affligés, quels charmes dans ta vie !...
Et qui pourrait encore augmenter ton bonheur !...

Qui pourrait l'augmenter, si ce n'est l'espérance
Qu'une plume bénie a versé dans ton sein,
D'obtenir dans le ciel l'heureuse récompense,
Et d'y voir commencer un jour sans lendemain ?

CE QUE J'AIME

(Juillet)

(A Mademoiselle Marcelle E...)

J'aime les poires , les cerises,
Les fruits les plus mûrs, les plus doux,
Les caresses, les friandises
De tous mes amis de Trévoux.

J'aime les sauts dans la campagne,
J'aime les ris, j'aime les jeux,
J'aime une petite compagne
Pour pouvoir folâtrer à deux.

Mais j'aime Berthe, Jeanne, Angèle,
Plus qu'elle encor: ce sont mes sœurs,
Et pour leur petite Marcelle
Elles ont toujours si bons cœurs.

J'aime beaucoup mes quatre frères,
Les frères !. ah ! qu'ils sont lutins !
Mais qu'ils ont d'heureux caractères !
C'est bien là le portrait des miens.

J'aime ma tante... Hélas ! je l'aime,
Et toujours je la vois souffrir;
Si mes baisers, ô joie extrême !
A l'instant pouvaient la guérir !

Ah! si vous saviez comme j'aime
Ma mère et mon père chéri!
Leur nom est un vrai diadème
Sur mon petit front réjoui.

J'aime le chef de ma famille,
Et le caresse chaque jour.
Dieu bénit la petite fille
Dont l'aïeul a gardé l'amour.

J'aime ce Dieu de ma prière,
Devant lui tremblent les méchants,
Mais pour un cœur qui veut lui plaire,
C'est bien le *bon Dieu* des enfants.

« Dieu que j'aime ! je vous en prie,
« Gardez la tendresse à mon cœur,
« Pour que ma famille chérie
« En moi trouve joie et bonheur. »

Proficiscere anima christiana

UNE NUIT AU CHEVET D'UN MOURANT

Seigneur, si vous voulez donner à ma faiblesse
Une nuit de tourment, d'angoisse et de tristesse,
Permettez que d'abord je tombe à vos genoux,
Pour ce moment suprême, ô Dieu ! bénissez-nous !

Pauvre malade ! vois, près de toi je demeure,
Je suis à ton chevet ; mais, hélas ! voici l'heure
Où tu n'y verras plus que l'ombre de la mort ;
De ma pitié reçois encore un vain effort.

La mort... ah ! la voici cruelle et menaçante,
Le Seigneur, sur ta couche, hier encore brûlante,
Cette nuit doit verser la glace du trépas,
Et l'art est impuissant à retenir son bras.

La parole déjà sur tes lèvres expire,
Cependant j'y recueille encor un doux sourire ;
Déjà plus lentement je sens battre ton cœur,
Mais je vois sur ton front rayonner le bonheur.

Qui donc a su verser du baume en ton calice ?...
Comment acceptes-tu si bien ton sacrifice ?...
C'est qu'un pasteur zélé, passant auprès de toi,
A ranimé ton cœur au souffle de la foi.

Ame chrétienne, pars sans regretter le monde,
On n'y trouve qu'ennui, chagrin, douleur profonde ;
Le Dieu qui te pardonne, au ciel te tend les bras,
Heureuse âme, bientôt tu le posséderas !

Mais qu'ai-je dit, hélas ! et quel transport m'entraîne,
Nul ne sait s'il est digne ou d'amour ou de haine ;
Seigneur, ayez pitié de ce pauvre pécheur,
Dans ce terrible instant, ouvrez-lui votre cœur.

Pour le juger, mon Dieu, placez dans la balance,
Et mon humble prière et sa longue souffrance ;
Dans un feu dévorant doit-il encor languir,
Et n'a-t-il point assez de peine pour mourir ?

O sublime espérance, étends sur lui ton aile,
O mort ! viens lui donner une vie éternelle ;
Ange qui sur la terre avez guidé ses pas,
Au séjour des élus portez-le dans vos bras.

Adieu, chère âme, adieu, lampe mystérieuse,
Tes rayons ont fait place à la nuit ténébreuse ;
C'en est fait !... le cœur plein d'une sainte frayeur,
De ta flamme j'ai vu la dernière lueur.

Adieu !... mais porte au ciel, mon amour, ma prière ;
Au ciel, où tu vas voir mes amis et ma mère,
Au ciel, où règne Dieu, l'objet de mes désirs,
Au ciel, où nuit et jour s'envolent mes soupirs !

RÉPONSE A M. LE DOCTEUR R***

pour sa pièce intitulée : *Mes adieux à Choulans*

Dans ce riant séjour dont l'aspect vous inspire,
Mille voix font écho à vos adieux touchants ;

Pour les laisser parler je suspendrai ma lyre
    Aux arbres de Choulans.

« Adieu ! dit le tilleul, mon gracieux ombrage
« Ne vous couvrira plus ; mais mes fleurs vont pâlir,
« Et sans votre secours, leur impuisssant breuvage
    « Ne saura plus guérir.

« Adieu, disent les fleurs, adieu disent les plantes ;
« Par vous nous soulagions, nous rendions la santé :
« Va-t-on nous, condamner, nous, jadis bienfaisantes,
    « A l'inutilité ?

« Adieu, dit une rose (et sa tige s'incline),
« Vous trouverez là-bas des milliers de mes sœurs,
« Puissiez-vous recueillir, sans rencontrer d'épine,
    « Leurs suaves odeurs !

« Adieu, dit la fauvette (et de l'allée ombreuse
Elle écoute les sons du plus doux instrument (1),
« Hélas ! il va manquer à ma chanson joyeuse ;
    « Un accompagnement.

« Adieu, dit le rocher, voyez couler mes larmes ;
« Ici, qui n'en aurait en vous voyant partir ? »
Et la brise, en passant, répond à ses alarmes
    Par un tendre soupir !

Qu'ajouter à ces voix si pleines de mystère ?
Au fond de ce berceau, vers la mère de Dieu
Je vais me prosterner le cœur plein de prière,
    Ce sera mon adieu.

MES REGRETS DU MOIS DE MARIE.

Adieu, mois du plaisir, mois de si douce ivresse,
Tu laisses dans nos cœurs inondés de tendresse
    Un souvenir doux et touchant ;

(1) Harmonium du docteur.

Mais ainsi qu'un soleil dont on aime l'aurore,
A peine brilles-tu quelques instants encore,
    Que déjà l'on voit ton couchant !

Adieu, jours de bonheur ! avec le mois des roses
Un nom toujours chéri semble fuir pour jamais,
Mais non, tu ne fuis pas, dans mon cœur tu reposes
Avec un souvenir de tout ce que j'aimais.

J'aimais, lorsque la nuit enveloppait la terre,
Lorsque le rossignol qui cherche le mystère
    Commençait ses plus doux accords,
J'aimais, silencieuse à l'autel de Marie,
Répandre mon amour et mon cœur et ma vie,
    En de saints et pieux transports.

Mais, hélas ! maintenant ce mois tout de délice,
Comme un pétale d'or privé de son calice
    S'est enfui sur l'aile des vents ,
Et cependant le nom de ma mère chérie,
Plein d'amour et d'espoir, le doux nom de Marie
    Reste à jamais pour ses enfants.

L'ange du souvenir, de sa main gracieuse,
A posé sur mon cœur cette fleur précieuse,
    La rose des jardins du ciel;
Il m'a dit : Jeune enfant, si tu crains les alarmes,
Tu trouveras toujours pour adoucir tes larmes
    Dans son calice un peu de miel.

Les plus beaux jours, vois-tu, passent vite en ce monde,
Et ce mois tout d'amour s'est enfui comme l'onde,
    Peut-être avec lui ton bonheur !
Mais la fleur qu'un soleil trop brûlant a séchée,
Conserve cependant, lorsqu'elle est desséchée,
    Un reste de sa douce odeur.

Adieu, jours de bonheur! avec le mois des roses
Un nom toujours chéri semble fuir pour jamais ;
Mais non, tu ne fuis pas, dans mon cœur tu reposes
Avec un souvenir de tout ce que j'aimais.

UN TOAST A MAURICE

Il est venu du ciel ce petit chérubin,
L'enfant qu'on attendait est ici sur sa mère.
Amis, en son honneur remplissons notre verre ;
C'est lui qui nous convie à son premier festin,
Buvons à sa santé... Que le ciel le bénisse :
     Vive, vive Maurice !

S'il n'est pas en naissant couronné d'un grand nom,
De la noblesse un jour, son bon père et sa mère
Ne lui seront-ils pas le vivant caractère ?
Et déjà n'ont-ils pas écrit dans son blason
Que l'honneur te conduise et que Dieu te bénisse ?
     Vive, vive Maurice !

Il vient sur le rosier remplacer le bouton
Dont l'automne dernier a desséché la tige,
(Hélas ! ce souvenir même aujourd'hui m'afflige) ;
Puissions-nous voir grandir ce nouveau rejeton,
Que sa corolle s'ouvre et que Dieu la bénisse :
     Vive, vive Maurice !

Ah ! dès ce jour, amis, que ne puis-je verser
Dans sa petite coupe et sur sa tête d'ange
Le breuvage sans fiel, le bonheur sans mélange !
Du moins dans le sentier qu'il devra traverser,
Demandons tous à Dieu que sa main le bénisse :
     Vive, vive Maurice !

Qu'il vive et qu'il grandisse, et nous allons le voir
A quelque autre banquet, près de nous, prendre place ;
Alors, plein de ce feu qui jamais ne se lasse,
Le cœur plein de tendresse et surtout plein d'espoir,
Nous redirons encor que le ciel le bénisse :
     Vive, vive Maurice !

A Mademoiselle Marguerite H...

HERBORISATION

Je cherche en botaniste
Des fleurs sous tous mes pas,

Malgré moi je suis triste
Si je n'en trouve pas.

Vienne, dans tes parages
Pourras-tu m'en offrir ?
Du plus doux des voyages
Aurai-je un souvenir ?...

Campanule, fougères,
Coquelicots, bleuet,
Thym, serpolet, bruyères,
Venez dans mon bouquet.

Redressez votre tige
Au moins jusqu'à demain.
Mais, hélas ! vain prestige
Vous mourez dans ma main.

Flétrie est ma cueillette
Par le souffle du nord...
Mon butin de poëte
Aura-t-il même sort ?...

Une fleur fraîche éclose
Vient m'inspirer soudain,
Je la vois, mais je n'ose
La presser sur mon sein.

Si pure est sa corolle !
D'un blanc si délicat !...
Un papillon qui vole
Peut en ternir l'éclat.

« Voudrais-tu, ma mignonne,
« Quitter Vienne avec moi ?...
« Non, ta mère est trop bonne
« Pour exister sans toi.

« Toi-même, Marguerite,
« Si j'osais t'exiler,
« Tu me dirais bien vite :
« *Je veux me l'en l'aller !*

« Ton gracieux langage
« N'est-il pas, tendre fleur,
« Pour ta mère, un présage
« De paix et de bonheur ?...

« Son amour t'environne,
« Ta vie est son trésor !...
« Garde-lui ta couronne,
« Garde-lui ton cœur d'or.

« Avec ces mots : *Je t'aime* !
« Inscrits sur tes fleurons,
« Compose-lui toi-même
« Le plus cher des blasons.

« Oui, reste, ma fleurette!
« Mais, si le souvenir
« Est l'herbier du poëte,
« Tu vas m'appartenir.

TOUT DORT

Tout dort autour de moi, c'est l'heure du sommeil,
Ah! n'est-ce pas plutôt l'heure de la prière,
Et pour un cœur pieux le moment du réveil ?...
Seigneur, sans redouter les ardeurs du soleil
Je peux enfin vers vous élever ma paupière.

Je suis seule, tout dort !... Mais dans ce doux séjour
N'entends-je pas encor des cris qui retentissent?
C'est la nature entière et ses hymnes d'amour,
Que ne puis-je, ô mon Dieu, confondre jusqu'au jour
Les élans de mon cœur aux voix qui vous bénissent.

Oh! du moins, laissez-moi vous parler un instant
Pour celui qui repose, écoutez ma prière :
Donnez-lui votre paix, qu'il soit juste ou méchant;
Versez calme et pardon au chevet du mourant,
Et consolez l'enfant qui réveille sa mère.

Vous qui veillez toujours, veillez sur les humains,
A cet heure, ô mon Dieu, que nul ne vous offense,
Des pécheurs déjouez les coupables desseins,
Défendez tous les corps contre les assassins,
Et de tous les cœurs purs conservez l'innocence!

LE PALMA CHRISTI

OU MAIN DU CHRIST

(offert à une amie)

Béni soit le soleil des trésors qu'il nous donne!
De mon *Palma-Christi* j'attendais quelques grains ;
Grâce aux feux bienfaisants du plus brillant automne,
    J'en ai mes pleines mains.

Où vais-je les semer? A qui les donnerai-je?
Sur qui voudrai-je étendre une main du Sauveur ?
— Sur un berceau d'enfant pour qu'elle le protége
    Et garde sa candeur ;

Sur un lys virginal, sur une âme naïve,
Pour lui garder toujours l'ignorance du mal,
Et pour la préserver de toute tentative
    Du serpent infernal ;

Au seuil de la maison qu'une famille unie
Franchit dans les élans d'une tendre amitié,
Pour que de ce séjour soit à jamais bannie
    Toute animosité ;

Dans les riches palais, sur les marches d'un trône,
Pour que Dieu des mortels pardonne les grandeurs,
Et près des indigents pour qu'une douce aumône
    Vienne essuyer leurs pleurs ;

Au chevet d'un mourant, pour qu'à sa dernière heure
Il puisse être bercé du songe le plus beau ;
Et je voudrais encor, dans la triste demeure,
    En orner son tombeau.

Je voudrais, grains bénis, dans une âme indécise
Faire germer par vous le doux nom de Jésus ;
Cette âme, exempte alors de toute convoitise,
    N'aimerait rien de plus.

Je vais vous déposer dans le cœur d'une amie
Pour qui je veux aussi les bienfaits du Seigneur ;
Dans sa coupe toujours, que cette *main bénie*
    Verse le vrai bonheur!

ACTE D'ESPÉRANCE POUR LA PRIÈRE DU SOIR

Bouts-rimés

(Envoyé à Mlle M. C. à la campagne)

Le jour fuit par degré, la nuit vient lentement,
Mon âme, pour prier, c'est le plus beau moment,
Que ta voix, en ces lieux, s'échappe en doux murmure,
Et mêle ses accents à ceux de la nature.

« Mon Dieu, le rossignol chante l'hymne du soir,
« D'un beau jour, pour demain, vous lui donnez l'espoir,
« Et du petit ruisseau qui glisse sur la mousse,
« J'entends aussi la voix harmonieuse et douce.
« Vous les placez tous deux à l'abri du malheur :
« L'un couvant ses petits, l'autre arrosant la fleur ;
« Ils écoulent en paix leur innocente vie,
« Sans chagrin, sans soucis, mais surtout sans envie ;
« Moins confiante en vous, vivrai-je tristement,
« Par mille soins divers troublée incessamment ?...
« Non, j'espère, Seigneur ! Quand notre ciel se voile,
« Vous y faites toujours scintiller une étoile.
« J'espère !... De vos dons le touchant souvenir
« N'est-il pas un garant pour les jours à venir ?
« Oh ! j'espère surtout en l'éternelle vie,
« Et vous aimer au ciel est ma plus chère envie.
« Que serait des humains le passager bonheur,
« Si le céleste espoir n'y donnait sa douceur ?
« Ainsi que d'heure en heure une rose est fanée,
« De jour en jour se perd le plaisir d'une année.
« Mais aussi, quand j'éprouve un malheur ici-bas,
« Mon cœur est convaincu qu'il ne durera pas ;
« Soucis, peines, douleurs, tout cela n'est qu'un rêve,
« Ah ! dans vos bras, Seigneur ! que bientôt il s'achève !

Voilà comme ici-bas, dans le calme du soir,
La fleur boit la rosée et mon âme l'espoir ;
Voilà comme en marchant errante et solitaire,
Je prends pour m'élever l'aile de la prière ;
Loin des regards mortels, oubliant tout pour Dieu,
Je crois dire à la terre un véritable adieu.
Puis je m'endors heureux... O régions si belles !
Je vois dans mon sommeil vos splendeurs éternelles !...

BOUTS RIMÉS

(Sur le départ à la campagne, d'une amie M. O).

Pourquoi quitter notre sainte *montagne*,
Pourquoi, Marie, aller à la *campagne* ?
L'air, près de nous, deviendrait-il *malsain*,
Ou les conseils d'un père *capucin*
Vous chassent-ils la moitié de l'*année*
Loin des canons du fort *St-Irénée* ?...
Ah ! je devine !... un filial *amour*
A la Combert hâte votre *retour*,
Et vous laissez Gabrielle *D*.....
Tous vos amis, pour un coin d'*univers*.

Mais vous avez tout l'air d'une *Andalouse*
Qui dans deux jours va devenir *épouse*.
Qu'épousez-vous ? c'est peut-être un *sapin*,
Ils sont si beaux, ah ! s'ils donnaient du *pain*,
Je partirais. Mais vous riez, *moqueuse*,
Un beau sapin vaut bien une *chanteuse* !
Collier de fleurs vaut collier de *saphir*.
Et sans parler de la voix du *zéphyr*,
Sous vos sapins, ô songeuse *Marie*,
Quand vous fuyez pour voir votre *patrie*,
N'avez-vous pas des milliers de *pinsons*
Pour concurrents à toutes vos *chansons* ?
Vous le savez, petite *Marguerite*,
Ce chœur de chant, conforme à l'ancien *rite*,
N'exige pas de vin, ni du *gâteau* ;
Pas n'est besoin de mon coup de *râteau*,
Là-bas les fleurs croissent sans *jardinière* ;
Pas n'est besoin non plus de *souricière*.
Heureux pays ! et dire qu'à *Lyon*,
On met parfois chanteuses en *rayon*,
Absolument comme on met les *fromages*
A la Combert, sur quatre ou cinq *étages*.
Ah ! si du moins ce *rayon fraternel*
Se transformait en un *rayon de miel*,
Quand vous viendrez, gentille *Bressane*,
Vous en pourriez sucrer votre *tisane*.
Méfiez-vous pourtant de ce *secours*

Le chat souvent fait patte de *velours* ;
C'est pour voler les pâtés d'*écrevisses*,
Les gâteaux fins, le rôti, les *saucisses*.
Rien n'est plus doux qu'un fin *conspirateur*,
Rien n'est plus faux qu'un habile *voleur*.
Rappelez-vous ces conseils d'une *amie*
En cultivant l'étude de la *vie*.

Loterie tirée par les chanteuses de St-Irénée

QUATRAINS

Nº 1   *Pochette à ouvrage*

Si d'un ennui constant vous voulez vous distraire,
Ou d'une sombre idée empêcher le retour,
        Unissez dans un même amour
        Et le travail et la prière.

Nº 2   *Coupe vide-poche*

Si jamais votre lèvre (amère destinée !)
        Devait goûter le fiel ,
Que le ciel lui prépare encor pour cette année
        Une coupe de miel !

Nº 3   *Panier de bonbons*

        Ne criez pas, gentils poupons,
        Si vous êtes toujours bien sages
        Oh vous donnera des images,
        De beaux joujous et des bonbons.

Nº 4   *Un encrier*

Je suis vide, et pourtant je voudrais être utile,
Ah ! fier de mon emploi je ne me plaindrai plus,
Si vous me remplissez d'une encre indélébile,
Pour tracer dans les cœurs le doux nom de Jésus.

Nº 5   *Album de photographies*

Voulez-vous posséder un portrait tout aimable,
Qui devienne ici-bas votre *vade-mecum*,
Approchez de Jésus reposant dans l'étable,
Et que votre cœur soit l'objectif et l'album.

Nᵒ 6   *Porte-monnaie*

Que la sévère économie
Ici mette un fermoir discret,
Mais à la charité, vrai charme de la vie,
Donnez-en le secret.

Nᵒ 7   *Un épi de blé* (épingle de châle)

Un épi mûr dans la journée,
C'est l'espoir pour le lendemain :
« Que Dieu vous donne cette année,
La récolte de votre grain. »

Nᵒ 8   *Coffret de satin rose*

Puisse le ciel vous épargner
L'aspect d'un visage morose,
Et qu'il daigne vous enseigner
Le talent de voir tout en rose.

Nᵒ 9   *Livre sur le pouvoir de la Ste-Vierge*

Dans vos loisirs, lisez ces exemples touchants ;
Que de leur doux parfum votre âme soit remplie
Et que dans votre cœur brillent les sentiments
D'une enfant de Marie!

Nᵒ 10   *Album de photographies*

N'assemblez pas ici des portraits d'ennemis,
Que chaque page en moi vous plaise et vous soit chère,
De votre affection je suis le sanctuaire,
Et ma porte ne doit s'ouvrir qu'aux vrais amis.

Nᵒ 11   *Carnet de notes*

Prenez des notes chaque soir,
De vous régler en tout c'est la bonne manière,
Cette habitude est salutaire
Pour la bourse et pour le devoir.

Nᵒ 12   *Un dé argent*

Du travail, avec vous, je veux subir les lois,
Je vous suis un trésor plutôt qu'une parure,
Et la fortune la plus sûre
Est au bout de vos doigts.

No 13   *Porte-monnaie*

Si la fortune vous caresse,
Sous ce double fermoir vous placerez votre or ;
En attendant, de la sagesse
Fermez dans votre cœur le précieux trésor.

No 14   *Livre de Méditations sur l'Eucharistie*

Que la divine Eucharistie
Soit ici-bas votre bonheur,
Dans cette année et toute votre vie
Que l'amour de Jésus remplisse votre cœur.

No 15   *Un dictionnaire*

Veuillez toujours me consulter,
Je m'appelle vocabulaire,
Je dis à qui veut m'écouter
De bien parler ou de se taire.

No 16   *Plomb pour couturière*

A chacune de vos actions
Réfléchissez, Mademoiselle,
Pour vos bonnes résolutions
Ayez du plomb dans la cervelle.

No 17   *Papeterie*

Mettez dans vos écrits et prudence et vigueur,
Souvent dans nos discours une parole, un geste,
En change malgré nous le sens et la valeur,
Mais tout cela s'envole et l'écriture reste.

No 18   *Cravate*

Ne pleurez pas, mon petit chou,
Si les autres ont les mains pleines,
Vous aurez aussi des étrennes,
C'est un fichu pour votre cou.

No 19   *Groupe de la Ste-Famille*

Pour plaire à l'Enfant-Dieu, demandez à Marie,
Demandez à Joseph un peu de leur amour,
De leurs tendres vertus si votre âme est remplie,
Au séjour des élus vous les verrez un jour.

CHAT ET CHIEN

C'est la marquise de Choulans,
La plus intelligente chatte,
Qui place ces grains là-dedans
Et les arrange avec sa patte.

A Monsieur Moltke, son cousin,
Elle les offre en nourriture ;
Ce procédé de chat à chien
Est un effet de sa nature.

Pardonnez-lui tant de noirceur,
Elle n'est pas toujours maligne,
C'est pour ses enfants qu'elle a peur
De toute la race canine.

Pour garder sa postérité,
Dans sa moustache elle médite,
Mais le plan qu'elle a projeté
Ne saurait trouver réussite.

Si de la noix ce petit fruit
A la blancheur à s'y méprendre,
Monsieur Moltke, chien plein d'esprit,
Deux fois ne peut s'y laisser prendre.

« Non, pauvre bête, ne crains rien ;
Va, cache-toi vers ta maîtresse,
De ma part, lèche-lui la main
Pour témoignage de tendresse. »

St-Just-d'Avray, 28 juin 1870.

Bleuet charmant, cueilli dans la verte campagne,
Là-bas vers la cité tu vas donc voyager,
Un père m'y rappelle, et mon cœur t'accompagne
En attendant qu'aussi je quitte la montagne,
Tu seras près de lui mon petit messager.

Bleuet, tu lui diras que tendrement je l'aime,
Le Dieu qui t'a donné la corolle d'azur,
Unira sa puissance à sa bonté suprême,
Et de ses jours heureux tu deviendras l'emblème,
Tendre fleur, comme toi son ciel restera pur.

TROISIÈME PARTIE

MORCEAUX DE CHANTS

COMPOSÉS

POUR LES CHANTEUSES DE SAINT-IRÉNÉE

Pour le 1er de l'an 1871

1er *Couplet*

Seigneur, d'une nouvelle année
Nous vous offrons les premiers vœux,
D'espoir, de bonheur couronnée,
Daignez la montrer à nos yeux;
Donnez à l'amère tristesse
Le doux baume de vos bienfaits,
A la guerre qui nous oppresse
Faites succéder votre paix.

Refrain

Seigneur, écoutez la prière
Qui s'échappe de notre cœur,
Daignez vous montrer notre père,
Daignez nous rendre le bonheur.

2e *Couplet*

Pansez la blessure cruelle,
Du guerrier tombé pour l'honneur,
Donnez-lui la palme immortelle,
S'il meurt, ouvrez-lui votre cœur;
Que son sang versé sur la France
Soit, comme celui du martyr,
Une bienheureuse semence
D'où la foi puisse refleurir!

3e *Couplet*

Jetez sur cette pauvre France
Des yeux doux et compatissants,
Hâtez son jour de délivrance,
Pitié, pitié pour ses enfants!
Daignez, dans les terres lointaines
Sécher les pleurs des exilés,
Soyez leur soutien dans leurs peines,
L'espoir de leurs cœurs désolés.

4e *Couplet*

Rendez cette année abondante
Pour la veuve et pour l'orphelin.
Et pour remplir leur main tremblante,
Seigneur, ah! donnez-nous du pain.
Daignez, ô Dieu de la nature,
Vêtir encore le lis des champs ;
Donnez aux oiseaux la pâture,
Mais n'oubliez pas vos enfants.

5e *Couplet*

Sauvez sur la mer en furie
L'esquif que vos mains ont lancé,
Sauvez notre Eglise chérie,
Ses lois et son chef outragé ;
Donnez à nos pasteurs fidèles
La sainte paix qui vient de vous,
Sur eux, sur ces heures nouvelles,
Versez les bienfaits les plus doux.

MÊME SUJET

Pour le 1er de l'an

1er *Couplet*

Des bienfaits du Seigneur notre coupe est remplie,
Heureux enfants ;
A l'ombre des autels s'écoule notre vie,
En doux instants.

Pour nous, au jour qui fuit succède à l'instant même
Un nouveau jour;
Ah! redoublons du moins pour le Dieu qui nous aime
Nos chants d'amour.

D'une nouvelle année,
Rendons grâce au Seigneur,
Son cœur nous l'a donnée,
Offrons-lui notre cœur.

2e Couplet

De tendresse et de soins notre âme est enivrée
Dans le saint lieu;
Que de reconnaissance elle soit pénétrée,
Enfants de Dieu!
Pour nos pasteurs aimés offrons à notre père
Nos plus doux chants;
Que pour eux, jusqu'au ciel, monte notre prière,
Comme un encens.

Que la nouvelle année,
Par votre main, Seigneur,
Pour eux soit couronnée
D'espoir et de bonheur!

3e Couplet

Seigneur, donnez aux voix qu'inspire votre zèle,
De saints échos;
Donnez à nos pasteurs, dans un troupeau fidèle,
De doux agneaux;
Pour prix de leurs vertus, remplissez leurs calices
De votre miel;
Que déjà sur la terre ils goûtent les délices
De votre ciel.

Que la nouvelle année,
Par votre main, Seigneur,
Pour eux soit couronnée
D'espoir et de bonheur.

4e Couplet

Bénissez cette terre ensanglantée encore,
Dieu des martyrs,
Et de ses habitants, comblez à chaque aurore
Les bons désirs;

Aux petits des oiseaux vous donnez la pâture,
  Ah ! chaque jour
Donnez à tous nos cœurs la sainte nourriture
  De votre amour.

 D'une nouvelle année
 Rendons grâce au Seigneur,
 Son cœur nous l'a donné,
 Offrons-lui notre cœur.

MÊME SUJET

Pour le 1er de l'an

1er Couplet

A l'an béni qui vient d'éclore,
Donnons un salut plein d'amour,
D'un nouveau feu le ciel se dore,
Fêtons en chœur un si beau jour;
Voix des martyrs, voix séraphiques,
Mêlez vos accords à nos chants,
Echos de nos voûtes antiques,
Portez jusqu'aux cieux nos accents.

2e Couplet

Ah ! livrons-nous à l'espérance,
C'est Dieu qui fait ces nouveaux jours,
Pour nos pasteurs sa Providence
Du ciel en bénira le cours.
Sur eux que sa grâce divine
S'épanche en torrents de douceurs,
Echos de la sainte colline
Portez-lui ces vœux de nos cœurs.

3e Couplet

Si nous avions la voix des anges
Ici-bas quel bonheur pour nous !
Chanter du Seigneur les louanges,
Fut-il jamais plaisir plus doux ?

Un jour, au terme de la vie,
Nous saurons les parfaits accords;
Echos de la sainte patrie,
Un jour vous direz nos transports.

MÊME SUJET

Pour le 1er de l'an

1er Couplet

Puisque Dieu, dans sa Providence,
De nos ans prolonge le cours,
Ah ! livrons-nous à l'espérance,
Qu'elle embellisse tous nos jours.

Refrain

Au nouvel an qui vient d'éclore,
Daigne apporter des jours heureux,
Douce Marie, à chaque aurore,
Verse-nous tes dons précieux.

2e Couplet

Donne au cœur rempli de tristesse
Le baume enfermé dans ton cœur,
A celui qui bat d'allégresse,
Garde toujours le vrai bonheur.

3e Couplet

Donne à nos âmes, tendre Mère,
Des feux ardents pour te chérir ;
A nos voix, à notre prière,
De purs accents pour te bénir.

4e Couplet

Pour servir la reconnaissance,
Que nous devons à nos pasteurs,
Sur eux de ta munificence,
Répands les plus tendres faveurs !..

POUR L'INSTALLATION DE M. LE CURÉ

(A sa première visite)

Joyeux transports, chants d'allégresse,
Retentissez jusques aux cieux.
Plus de douleur, plus de tristesse,
Un ange apparaît à nos yeux;
Déjà s'étend sur nous son aile tutélaire.
Son regard nous sourit, ô tendresse, ô bonheur,
Le ciel pour notre amour a dans son cœur de père
    Versé les dons du Sacré-Cœur.

1er *Couplet*

De la vertu pour nous il sera le modèle,
De notre frêle esquif, habile nautonnier,
Il soutiendra la voile, et sa main paternelle
Loin des écueils trompeurs saura nous diriger.

2e *Couplet*

Il saura nous conduire à cette source pure,
Où son âme toujours puisa la charité,
Avec lui puissions-nous aimer Dieu sans mesure,
Sur le sol des martyrs et dans l'éternité !

POUR L'INSTALLATION DE M. LE CURÉ

(A l'église, le dimanche des Rameaux)

1er *Couplet*

Jérusalem, cesse tes pleurs,
Ouvre ton cœur à l'allégresse,
Sème des rameaux et des fleurs
Sur les pas du Dieu de tendresse.
C'est par amour que le Sauveur
Franchit tes murs, ville éternelle;
Il vient, ce roi plein de douceur,
Promets de lui rester fidèle.

2ᵉ *Couplet*

Et nous, fils des vaillants martyrs,
De fleurs couvrons aussi la terre,
Plus de douleurs, plus de soupirs,
Puisque ce jour nous donne un père.
Du miel enfermé dans son cœur
Il va remplir notre calice.
Il vient, ce roi plein de douceur,
Jésus, que ta main le bénisse!

POUR LA FÊTE DE MONSIEUR LE CURÉ

(*A Saint Alexis, le 17 juillet*)

1ᵉʳ *Couplet*

O doux Jésus, mon âme languissante,
Par ses désirs s'élève jusqu'aux cieux.
Dans vos parvis une flamme éclatante
En ce beau jour l'anime de ses feux.
D'un cœur brûlant j'écoute la prière,
Et je redis plein de la même ardeur :
Fuyez, fuyez, faux plaisirs de la terre,
L'amour divin fera seul mon bonheur.

2ᵉ *Couplet*

O doux Jésus, vous fûtes son étude,
Son âme en vous trouva les seuls vrais biens,
Quand pour chercher l'entière solitude,
Il méprisa les faveurs des humains.
Ah ! comme lui, puissé-je avoir sans cesse
Ces mots gravés dans le fond de mon cœur :
Fuyez, fuyez, faux plaisirs et richesse.
L'amour divin fera seul mon bonheur.

3ᵉ *Couplet*

O doux Jésus, il vous choisit pour père,
Quand il quitta sa famille et son nom,
Vous seul alors connûtes le mystère
De sa souffrance et de son abandon.

Calice amer ! je veux jusqu'à la lie,
S'il plaît au ciel, te vider en mon cœur.
Fuyez, fuyez, ô bonheur de la vie,
L'amour divin calmera ma douleur.

4e Couplet

O doux Jésus, unique récompense
Qu'il attendait au séjour des élus,
En vous aussi, je mets ma confiance;
Vous seul, Seigneur, je ne veux rien de plus.
Tout ici-bas n'est qu'un songe éphémère,
Tout a pour moi l'amertume du fiel.
Fuyez, fuyez, courts instants de la terre,
Amour divin, conduis-moi jusqu'au ciel.

CANTIQUES SUR DIVERS SUJETS

A SAINT JOSEPH

1er Couplet

Quels purs accords dans vos cœurs angéliques,
Saints habitants de la céleste cour ;
Pour qui sont-ils vos ravissants cantiques,
Pour qui sont-ils ces transports pleins d'amour?
Ah ! prêtez-nous votre douce harmonie,
Par tous les cœurs que ce jour soit béni.
Aux noms sacrés de Jésus, de Marie,
Que de Joseph le doux nom soit uni !

2e Couplet

Aimable chef de la famille sainte,
Avec sa mère adorant le Sauveur,
A Bethléem, dans une pauvre enceinte,
Vous lui donnez l'amour de votre cœur,
Quand dans le mien descend Jésus-Hostie,
Quant au néant un Dieu daigne s'unir,
Venez aussi, venez avec Marie,
Venez, Joseph, m'aider à le bénir.

3e Couplet

Quand de l'enfer se déchaîne la rage,
Votre trésor, Jésus, est protégé;
Par notre amour au terme du voyage,
De son exil le poids est allégé.
Ah! le regard tourné vers la patrie,
Nous implorons aussi votre secours,
Doux protecteur de Jésus, de Marie,
Venez, Joseph, prenez soin de nos jours.

4e Couplet

Nous aspirons à la gloire immortelle,
De la vertu tracez-nous le chemin,
Gardez notre âme aussi blanche, aussi belle,
Que le lis pur brillant dans votre main;
Lorsqu'à la fin de notre courte vie,
S'exhalera notre dernier soupir,
Entre les bras de Jésus, de Marie,
Venez, Joseph, nous apprendre à mourir.

MÊME SUJET

1er Couplet

Doux protecteur de Jésus, de Marie,
Du haut du ciel veillez sur vos enfants,
A vous aimer ils consacrent leur vie,
A vous aimer ils consacrent leurs chants.

2e Couplet

Nous vous prions, le cœur plein d'espérance,
O saint Joseph, ne nous repoussez pas ;
Contre l'enfer soyez notre défense,
Dans les périls daignez guider nos pas.

3e Couplet

Dans notre exil, que votre âme à nos âmes
Vienne enseigner la sainte humilité,
Que votre ardeur allume en nous les flammes
De votre foi, de votre charité.

4e *Couplet*

Daignez surtout, au terme de la vie,
Sanctifier notre dernier soupir,
Entre les bras de Jésus, de Marie,
Venez, Joseph, nous aider à mourir.

LE SAINT ROSAIRE

1er *Couplet*

D'un frêle esquif, tendre Marie,
Je suis le faible nautonier,
Sans vous, à la mer en furie,
Oserais-je me confier?
Ne crains rien, ma barque légère
Vogue en paix aux plus mauvais jours ;
Je suis chrétien ! et dans mon saint rosaire
Je sais trouver ma force et mon secours.

2e *Couplet*

Marie! au loin l'orage gronde
Et mille écueils sont devant moi,
Pour m'aider à vaincre le monde,
Donnez-moi l'amour et la foi.
Vains attraits, plaisirs de la terre,
Croiriez-vous subjuguer mon cœur ?
Je suis chrétien, et dans mon saint rosaire
Je sais trouver la joie et le bonheur.

3e *Couplet*

Dans les peines de cette vie,
Dans les épines du chemin,
Je cherche, ô ma rose fleurie,
Votre parfum pur et divin.
Douce Vierge, par la prière,
A vos pieds tarissent mes pleurs.
Je suis chrétien ! et dans mon saint rosaire,
Je sais trouver un baume à mes douleurs.

4ᵉ Couplet

Ici là vie est un passage,
Bientôt seront les jours heureux ;
Au terme du pèlerinage
Près de vous j'irai dans les cieux ;
Plein d'espoir, ô ma tendre mère,
J'attends au pied de votre autel.
Je suis chrétien ! et dans mon saint rosaire,
Je sais trouver un avant-goût du ciel.

POUR LA COMMUNION PASCALE

Refrain

Jésus, ami fidèle,
Toi seul fais mon bonheur,
C'est ta voix qui m'appelle,
Je vole dans ton cœur.

1ᵉʳ Couplet

Je viens à toi, source délicieuse,
Sans toi la vie est un désert brûlant,
Mais cet autel c'est la vallée heureuse,
C'est l'oasis au palmier verdoyant.

2ᵉ Couplet

Je viens à toi, je gémis, je soupire,
Je suis, hélas ! comme un cerf altéré,
De ton eau vive, au cœur qui te désire,
Ah ! donne enfin un flot pur et sacré.

3ᵉ Couplet

Je viens à toi, c'est la Pâque nouvelle :
A ce festin des saints enivrements
J'entends ta voix qui tendrement m'appelle,
Ne veux-tu pas y voir tous tes enfants ?

4ᵉ Couplet

Je viens à toi, de ta divine Cène
Je veux aussi savourer le bonheur,

Trop faible apôtre, à tes pieds je m'enchaîne
Si je ne puis reposer sur ton cœur.

5e Couplet

Je viens à toi; ma profonde misère
Veut s'enrichir, Seigneur, à tes trésors.
Hélas, comment te suivrai-je au Calvaire
Si je ne suis nourri du pain des forts?

NOËL

1er Couplet

Mêlons nos concerts en ce jour
Aux ravissants concerts des anges,
Au roi des rois honneur, amour,
Au fils de Dieu, gloire, louanges !
Le monde enfante son Sauveur,
Le ciel s'abaisse sur la terre ;
O douce joie ! O pur bonheur !
Jésus des pécheurs est le frère.

2e Couplet

Il est né, le divin agneau,
Il est né, cet enfant aimable,
Mais une crèche est son berceau,
Mais son palais est une étable.
Pour nous ouvrir le ciel un jour,
Déjà ses yeux versent des larmes,
Comment répondre à tant d'amour ,
O Dieu si bon, si plein de charmes ?

3e Couplet

Recevez-nous, tendres pasteurs,
A Béthleem, troupe fidèle,
Allons, joyeux, offrir nos cœurs
A l'Enfant-Dieu qui nous appelle,
Unissons-nous aux bienheureux
Pour célébrer ce doux mystère,
Chantons : Gloire au plus haut des cieux,
Amour ! bonheur ! paix à la terre !

MOIS DE MARIE

Je vous salue, ô mois heureux,
Jours consacrés à notre Mère,
Puissiez-vous répandre en tous lieux
La paix de ce doux sanctuaire.
A vos pieds, que tout l'univers,
Chaque soir s'incline, ô Marie;
Pour vous bénir, que nos concerts
Du ciel empruntent l'harmonie!

O mois béni, donne à nos champs
Et la chaleur et la rosée.
Des dons du ciel que tu répands,
Que notre âme soit arrosée;
En voyant tes milliers de fleurs,
Qui nous promettent l'abondance,
Comment ne pas laisser nos cœurs
S'ouvrir de même à l'espérance ?

Le soleil dore de ses feux
Notre renaissante nature,
Tout s'anime devant nos yeux,
Et les oiseaux et la verdure.
O pécheurs, de votre sommeil
Sortez dans ce mois salutaire.
Venez, c'est l'heure du réveil,
Venez aux pieds de votre Mère.

Du mois de mai, charmantes fleurs,
Pour Marie hâtez-vous d'éclore,
Pour elle aussi que dans nos cœurs
La vertu croisse à chaque aurore.
Quand viendra le soir du grand jour,
Puissions-nous, autour de son trône,
Des fleurs du plus sincère amour
Former l'immortelle couronne !

POUR LA PROCESSION DU ST-SACREMENT

1er Couplet

Suivez, chrétiens, l'escorte radieuse,
Qui marche après le grand triomphateur,

Près de Jésus, combien l'âme pieuse
Trouve de grâce et goûte de bonheur!

Refrain

En ce beau jour notre Dieu nous appelle,
Pour nous bénir il descend parmi nous;
Volons à lui, transportés d'un saint zèle,
Nous goûterons le bonheur le plus doux.

2e Couplet

Suivez Jésus ! dans ce jour de victoire,
Le délaisser, n'est-ce pas le trahir ?
Il vous attend : allez lui rendre gloire
Et condamner les méchants à rougir.

3e Couplet

Suivez Jésus ! le ciel entier s'incline,
Comptant vos pas, protégeant votre amour;
Ah ! que de biens le cœur de Dieu destine
A ceux qu'il voit dévoués en ce jour !

4e Couplet

Suivez Jésus! de ses mains opulentes,
A flots pressés ruissellent les bienfaits;
Il a pour vous des grâces abondantes,
Et ses trésors ne s'épuisent jamais.

5e Couplet

Suivez Jésus ! que de fois sur sa route
Il bénira votre fidélité !
Et ce beau jour assurera sans doute
Votre salut et votre éternité.

6e Couplet

Suivez Jésus ! qu'à l'ardeur de vos flammes,
Il vous inscrive au rang des séraphins,
Qu'il puisse ainsi répandre sur vos âmes
Tous les trésors de ses divines mains !

AMOUR AU SACRÉ-CŒUR

Mon cœur languit au désert de la vie,
Mais une voix pour calmer ma douleur

7

Se fait entendre à mon âme attendrie,
Elle me dit : Enfant, viens sur mon cœur !

Ah ! c'est la voix qui sort du tabernacle:
Jésus m'appelle, ô suprême bonheur !
Il vient à moi, quel étonnant miracle !
Avec amour il me prend sur son cœur.

A te goûter, faux bonheur de la terre,
Pourrais-je encor trouver quelque douceur?
Ah ! loin de moi ta coupe mensongère !
En ce beau jour Jésus m'offre son cœur.

Sa voix m'invite à savourer ses charmes,
Il rompt pour moi le pain du voyageur,
Et désormais, dans ce séjour de larmes,
Je ne crains rien: Jésus m'ouvre son cœur.

La tourterelle a son nid sur la terre
Pour s'y blottir à l'abri du chasseur,
Ainsi mon âme, aimante et solitaire,
O doux Jésus ! vole dans votre cœur.

Daignez guérir cette âme défaillante,
N'êtes-vous pas l'asile du pêcheur ?
N'est-ce pas vous dont la voix si touchante
Me dit souvent : Ah ! tu blesses mon cœur !

Ce sang qui coule et devient mon breuvage,
A mon néant va rendre la vigueur,
Puisse l'amour devenir mon partage,
Puissé-je enfin répondre à votre cœur !

Sanctifié par ce doux pain de vie,
Puissé-je, au sein de l'éternel bonheur,
Chanter un jour dans la sainte patrie :
Louange, honneur, amour au Sacré-Cœur.

L'ASSOMPTION

Pleine de grâce et de beauté
Marie a fui loin de la terre,
Elle a bu l'immortalité
En vidant notre coupe amère ;

Au ciel elle a pris son essor,
Recevez-la, saintes phalanges,
Faites vibrer vos harpes d'or,
Chantez, célébrez ses louanges.

Vierge, avec vous le doux Jésus
Partage sa gloire et son trône,
Il vous fait Reine des élus,
Allez recevoir sa couronne ;
Mais dans le fortuné séjour,
Gardez pour nous un cœur de mère.
Ah ! conservez-nous votre amour !
Sans vous que faire sur la terre ?

Hélas ! sous un rideau d'azur,
Malgré nos regrets et nos larmes,
Il s'est caché son front si pur,
Et Dieu nous a ravi ses charmes.
Mais son tombeau contient des fleurs,
C'est un gage de sa tendresse ;
Faibles mortels, séchez vos pleurs,
Sur vous son doux regard s'abaisse.

Suivez ses pas, vaillants martyrs ;
Apôtres saints, vierges fidèles,
Volez au sein des vrais plaisirs
Que versent ses mains maternelles.
Pour nous, avant d'aller la voir,
S'il nous faut briser notre chaîne,
Portés sur l'aile de l'espoir,
Du cœur nous suivons notre Reine.

ADORATION PERPÉTUELLE

1er *Couplet*

O jour heureux, jour de tendresse,
Jour de pardon, de paix et de bonheur,
Le Dieu qui sur l'autel s'abaisse,
Ouvre pour nous les trésors de son cœur.
Allons, pleins de reconnaissance,
Allons, chrétiens, l'adorer tour à tour.
Hélas ! pour son amour immense,
C'est trop peu de tout notre amour.

Refrain

De notre exil un Dieu fait sa demeure,
O chérubins ! quittez, quittez les cieux,
Devant l'autel unissez à toute heure
Vos saints transports à ceux des cœurs pieux.
    Gloire , amour, amour, à toute heure,
Gloire à Jésus (*bis*) en tous temps, en tous lieux.

2e Couplet

Le Dieu fort, sous un pain mystique
S'anéantit, mortels, ne craignez plus ;
    Ce jour de gloire pacifique
N'a pour vainqueur que le très-doux Jésus.
    O vous que la douleur opresse,
En ce lieu saint venez ouvrir vos cœurs,
    Un ami rempli de tendresse
    Vous attend pour sécher vos pleurs.

3e Couplet

Dans ses plaisirs, le monde ignore
Les saints attraits, les douceurs de ce lieu,
    Ah ! dans la soif qui le dévore,
Si le pécheur savait le don de Dieu !
    O vous que sa tendresse éclaire,
Brûlez du moins d'un amour immortel,
    Comme la flamme solitaire
    Qui toujours brille sur l'autel.

POUR LA FÊTE DE S. ZACHARIE

1er Couplet

Eglise de Lyon, renais à l'espérance !
    Tandis que de nouveaux combats
Surgissent dans ton sein, c'est la timide enfance
    Qui te prépare des soldats.
    Au récit des traits de noblesse
    Que nous ont légués nos aïeux,
    De jeunes cœurs pleins de tendresse
    Brûlent déjà des plus doux feux.

Refrain

Prenez la palme du martyre,
Enfants des saints, ne tremblez pas,
Que toujours votre cœur aspire
A soutenir les bons combats.

2ᵉ Couplet

Zacharie et Pontique en ce jour vous invitent
    A suivre leurs pas triomphants ;
Dans leur précoce amour que vos cœurs les imitent,
    Ecoutez-les, petits enfants.
    Pour vous la vie est une arène,
    L'enfer y lance mille traits,
    Mais contre Dieu sa force est vaine,
    Ne craignez pas, tenez-vous prêts.

3ᵉ Couplet

Un monde plein d'attraits sera pour votre enfance,
    Le serpent caché sous la fleur ;
Sous l'aspect du plaisir pour tromper l'innocence,
    Il couvre son dard corrupteur ;
    Souvenez-vous que les caresses
    Ne pouvaient rien sur les martyrs.
    Donnez, pour tenir vos promesses
    Jusqu'au dernier de vos soupirs.

4ᵉ Couplet

Venez, jeunes guerriers, Satan frémit de rage
    Car des enfants l'ont terrassé,
Et c'est au souvenir de leur noble courage
    Qu'un nouvel autel est dressé ;
    Jurez d'imiter ces modèles,
    Par votre amour, par votre foi ;
    A Jésus demeurez fidèles,
    Et défendez toujours sa loi.

5ᵉ Couplet

O sang de nos martyrs ! bienheureuse semence !
    C'est encor ton germe immortel
Qui nous donne ces fleurs d'amour et d'innocence,
    Et les fait grandir pour le ciel,

Afin que leur brillant calice,
Un jour embaume les élus.
Sur notre sol qu'il se remplisse
Du doux parfum de leurs vertus.

POUR LA COMMUNION

1er Couplet

Elle apparaît enfin cette aurore si belle
Où je dois posséder mon époux, mon Sauveur;
Je vois ses bras s'ouvrir, je l'entends qui m'appelle,
Venez, mon doux Jésus, oh ! venez dans mon cœur !

2e Couplet

En vain le monde entier cherche à me satisfaire,
Mes yeux sont fatigués de son éclat trompeur;
Eternelle beauté, vous avez su me plaire;
Venez, mon doux Jésus, oh ! venez dans mon cœur !

3e Couplet

Si je ressens parfois les traits de la souffrance,
Où chercher un abri, un baume à ma douleur?
Qui peut me soulager, sinon votre présence?
Venez, mon doux Jésus, oh ! venez dans mon cœur !

4e Couplet

Sans vous, dans notre vie errante et douloureuse,
Les fruits que nous cueillons sont toujours sans saveur;
O fruit du pur amour, manne délicieuse,
Venez, mon doux Jésus, oh ! venez dans mon cœur !

5e Couplet

Vin qui faites germer les vierges sur la terre,
Qui donnez aux martyrs la force, la vigueur,
Daignez répandre en moi votre feu salutaire,
Venez, mon doux Jésus, oh ! venez dans mon cœur !

6e Couplet

Je marche loin de vous dans une nuit obscure,
Oh ! faites à mes yeux briller votre splendeur.

Versez sur mon chemin votre clarté si pure,
Venez, mon doux Jésus, oh ! venez dans mon cœur !

7e Couplet

Dites un mot, Seigneur, pour guérir ma pauvre âme,
Elle est indigne, hélas ! d'un si parfait bonheur,
Commandez au néant que votre amour l'enflamme,
Venez, mon doux Jésus, oh ! venez dans mon cœur !

8e Couplet

Au vent des passions, chaque jour exposée,
Notre âme sans appui penche comme une fleur,
Venez la rafraîchir, bienfaisante rosée,
Venez, mon doux Jésus, oh ! venez dans mon cœur !

9e Couplet

O gage précieux de l'éternelle vie,
Dans mon pèlerinage, ô pain du voyageur,
Donnez-moi l'avant-goût de la sainte Patrie,
Venez, mon doux Jésus, oh ! venez dans mon cœur !

AU CIEL VOLE, Ô MON CŒUR !

(Pour l'Ascension)

1er Couplet

Jésus a disparu sur un brillant nuage ;
Aux yeux de l'univers, il a fui, le Seigneur !
Et son divin séjour doit être mon partage,
Mon trésor est au ciel... au ciel vole, ô mon cœur.

2e Couplet

J'ai regardé les cieux et j'ai dit à la terre :
Adieu, terre d'exil, séjour de la douleur,
Qui peut me retenir sur la rive étrangère?
Ma demeure est au ciel... au ciel vole, o mon cœur.

3e Couplet

Que sont tous les plaisirs que nous offre le monde
Quand on a vu le ciel et rêvé son bonheur ?

Tout est ennui, dégoût, chagrin, douleur profonde,
Les plaisirs sont au ciel... au ciel vole, ô mon cœur.

4e Couplet

Loin de Dieu, loin du ciel, je pleure, je soupire,
Je pousse nuit et jour les cris de la douleur ;
Mon Dieu, quand finira ce déchirant martyre ?
Ah ! la paix est au ciel... au ciel vole, ô mon cœur.

5e Couplet

Mon cœur est dégoûté des faux biens de la terre,
Quand je pense aux trésors que donne le Seigneur,
Et je foule à mes pieds cette vile poussière,
Les vrais biens sont au ciel, au ciel vole, ô mon cœur.

6e Couplet

Non, non, rien ici-bas ne peut me satisfaire,
Partout mon cœur avide a cherché le bonheur,
Mais il n'a rencontré que peine, que misère,
Le bonheur est au ciel... au ciel vole, ô mon cœur.

7e Couplet

Mon cœur est déchiré d'une douleur extrême,
Quand je vois tant d'ingrats outrager le Seigneur,
Mais là-haut dans le ciel, on le bénit, on l'aime ;
Pour l'aimer, le bénir, au ciel vole, ô mon cœur.

FÊTE DES ROIS

1er Couplet

Chrétiens, rassemblons-nous, et sur les pas des Mages,
Allons dans son berceau visiter le Sauveur,
Portons à l'Enfant-Dieu nos vœux et nos hommages,
Dans son cœur tout d'amour déposons notre cœur.

Chœur

Règne, divin Jésus, à jamais sur notre âme,
Captive notre cœur sous le joug de ta loi,
Heureux de te servir, de brûler de ta flamme,
Nous n'aurons d'autre Dieu, d'autre maître que toi.

2e Couplet

Du fond de l'Orient, un nouvel astre appelle
A Bethléem les rois de la gentilité,
Aux gentils comme aux juifs le Sauveur se révèle,
Le monde va sortir de sa captivité.

3e Couplet

Désormais en Jésus tous les peuples sont frères,
Tout œil verra briller le flambeau de la foi,
Toute oreille entendra les célestes mystères,
Tout cœur pourra s'ouvrir à la nouvelle loi.

4e Couplet

Le monde agonisant retrouve l'espérance,
Il admire, il s'ébranle, il veut la loi d'amour,
En maudissant ses dieux vers la croix il s'élance,
Et leurs temples déserts s'écroulent à leur tour.

5e Couplet

Comme l'heureux captif qui voit tomber ses chaînes,
Le genre humain sourit fier de sa liberté,
Le sang de Jésus-Christ a coulé dans ses veines,
Il renaît, il s'élève à l'immortalité.

6e Couplet

De ce peuple nouveau, chrétiens, soyons la gloire;
Affranchis du péché par la grâce de Dieu,
Aux faux dieux qui voudraient ressaisir la victoire,
Disons, l'œil vers le ciel, un éternel adieu.

7e Couplet

Irions-nous ensenser de fragiles idoles,
Nous, les fils de la foi, les frères de Jésus?
Non, guerre, guerre au monde, à ses plaisirs frivoles,
Amour, gloire, triomphe à vous, Dieu des vertus!

A S. IRÉNÉE

Refrain

En ce beau jour, ô tendre père,
Que ton regard, du haut des cieux,
Fasse refleurir sur la terre
La foi de nos premiers aïeux.

Aurais-tu donc en vain sur notre sol aride,
Répandu ton sang pur, saint martyr de Lyon ?
Veille sur ce troupeau, garde-lui ton égide,
   Qu'il soit la gloire de ton nom !

1er Couplet

Dieu, source de lumière et la splendeur du monde,
Dieu, qui sur nous brilla de toute éternité
Alors que nous étions dans une nuit profonde,
Par toi nous envoya la céleste clarté.

2e Couplet

Tu vins de l'Orient vers nous, peuple infidèle,
Ta voix nous détourna des routes de l'erreur;
Sans crainte de la mort, ô pasteur plein de zèle,
Tu bravas des tyrans l'impuissante fureur.

3e Couplet

Grand saint, ah ! quelle ardeur enflamma ton courage,
Lorsque le ciel t'admit au plus glorieux sort,
Lorsque, sans respecter tes vertus et ton âge,
A grands cris, les païens demandèrent ta mort.

4e Couplet

L'appareil des bourreaux à ton âme ravie
Ne présenta jamais qu'un pompeux ornement,
Et ne pouvoir donner qu'un instant de ta vie,
Pour ton cœur généreux fut le seul vrai tourment.

5e Couplet

Oh ! montre-nous toujours ta palme de victoire,
Prête-nous pour lutter ta force de martyr,
Pour nous donner au ciel un rayon de ta gloire,
Toi-même viens bénir notre dernier soupir.

PREMIÈRE COMMUNION

1er Couplet

Votre espérance vient d'éclore,
Dilatez-vous, ô cœurs émus,
La voici, l'éclatante aurore,
Qui vous promet votre Jésus.

Refrain

Troupeau chéri, Dieu vous convie
Au doux festin de son amour ;
Joyeux enfants, de votre vie,
Voici, voici le plus beau jour.

2e Couplet

Jour fortuné, dans cette enceinte,
Pour vous les cieux sont descendus,
De l'autel approchez sans crainte,
Il vous attend, votre Jésus.

3e Couplet

Vers cet ami, votre jeune âge
Vous donne encore un droit de plus.
De sa voix il vous encourage,
Ecoutez-le, votre Jésus.

4e Couplet

Comme autrefois il vous invite.
Voyez, ses bras vous sont tendus,
Ici-bas pour vous il habite,
Entourez-le, votre Jésus.

5e Couplet

Le séraphin vous porte envie,
De tant d'honneur soyez confus ;
Oui, pour vous, dans la Ste-Hostie,
Il s'est caché, votre Jésus.

6e Couplet

Venez, venez nourrir votre âme,
De cette manne des élus ;
D'amour pur qu'elle vous enflamme,
Aimez, aimez votre Jésus !

REGINA MARTYRUM

1er Couplet

Près de Jésus, sa tendre mère
Goûta le fiel de sa douleur,
Un trait cruel, sur le Calvaire,
Vint transpercer son divin cœur.

Dans cette plaie où l'amour nous convie,
Allons verser nos larmes, nos soupirs,
A nos douleurs, en cette triste vie,
Donnez un baume, ô reine des martyrs !

2º Couplet

Les yeux tournés vers la patrie,
Jadis le chrétien triomphant
Invoquait le nom de Marie,
Et répandait des flots de sang.
Pour nous, hélas ! sur cette même plage,
Si nous versons des larmes, des soupirs,
C'est encor vous, c'est votre douce image
Qui nous soutient, ô reine des martyrs.

3º Couplet

Pour le conduire à la victoire,
L'espérance berçait son cœur,
Lui montrant la palme de gloire,
Et votre saint drapeau vainqueur.
Quand les enfers nous déclarent la guerre,
Calmez aussi nos craintes, nos soupirs.
Dans nos combats sous la même bannière,
Ralliez-nous, ô reine des martyrs.

4º Couplet

Voyez cette terre qu'inonde
Un sang pour nous si précieux,
Et rendez-la toujours féconde,
En cœurs fervents et généreux.
Jusqu'à la fin de notre courte vie,
Sanctifiez nos larmes, nos soupirs,
Et dans le ciel, dans la sainte patrie,
Nous volerons, ô reine des martyrs.

REGINA CŒLI LÆTARE

1er Couplet. (Regina cœli lætare)

O Jésus ! votre aimable mère
De sa coupe a vidé le fiel,
Après les douleurs de la terre,
Proclamez-la reine du Ciel.

Refrain

Consolez-vous, tendre Marie,
Le divin fils qui vous aima,
De son tombeau sort plein de vie.
 Alleluia, alleluia.

2ᵉ *Couplet*. (Quia quem meruisti portare).

Dans son cœur versez l'allégresse,
Les dons bénis de votre main,
Payez-lui sa vive tendresse,
Vous qu'a porté son chaste sein.

3ᵉ *Couplet*. (Resurrexit sicut dixit).

Dans ce cœur que votre souffrance
Blessa d'un glaive douloureux,
Vous aviez laissé l'espérance,
Et vous voici victorieux.

4ᵉ *Couplet*. (Ora pro nobis, Deus)

Marie, en ce jour de victoire,
Oubliez toutes vos douleurs,
De Jésus partagez la gloire
Et priez-le pour les pécheurs.

Dernier refrain

Priez pour nous, tendre Marie,
Et vers Jésus qui nous aima,
Nous aurons l'éternelle vie,
 Alleluia, alleluia.

POUR LA BÉNÉDICTION

Refrain

Bénissez-nous dans ce doux sanctuaire,
Divin Jésus, notre espoir est en vous;
De vos enfants, ô tendre père,
Daignez accueillir la prière,
Bénissez-nous.

8

Manne du ciel à la terre laissée,
Soyez pour nous le pain du voyageur,
De vos parfums la céleste douceur
Calme les maux, et dans l'âme oppressée
Ramène des beaux jours la paix et le bonheur.

PRIEZ POUR LES MORTS

1er *Couplet*

Chrétiens, une voix vous supplie,
La triste voix de la douleur.
Sous le soleil de cette vie
L'homme a passé comme une fleur,
Et son âme immortelle
Vous appelle,
Hélas ! chrétiens, l'entendez-vous ?
Priez, priez pour elle,
Chrétiens, priez, priez tous.

Chœur

O divine Mère,
O mère des douleurs,
A notre humble prière
Unissez vos tendres pleurs.

2e *Couplet*

Pour le salut de notre France,
De la mort bravant le courroux,
Le soldat rempli de vaillance,
Tombe percé de mille coups,
Et son âme immortelle, etc.

3e *Couplet*

De ce fils rempli de tendresse,
Vous qui déplorez le malheur.
Ne laissez pas à la tristesse,
Succomber votre pauvre cœur,
Car son âme immortelle, etc.

4e Couplet

Enfants, qui n'avez plus de mère,
Vous qui la pleurez nuit et jour,
Vous n'entendez plus sur la terre,
La douce voix de son amour.
    Mais son âme immortelle, etc.

5e Couplet

Sur une tombe délaissée,
Passant qui jetez un soupir,
Mêlez-vous à votre pensée,
Une prière, un saint désir ?
    Quand une âme immortelle, etc.

6e Couplet

Chrétiens, sur la rive étrangère,
Aspirant au port éternel,
A ceux que vous aimiez sur terre,
Vous voulez vous unir au ciel ;
    Mais leur âme immortelle, etc.

C'EST MOI, NE CRAIGNEZ RIEN

(Dernière poésie, restée inachevée)

Les apôtres tremblaient, la nuit était obscure,
La vague en mugissant s'avançait auprès d'eux,
Leur barque sans pilote errait à l'aventure,
Faible et triste jouet de l'autan furieux ;
Tout à coup, ô surprise, ô vision soudaine !
Sur la mer apparaît y marchant sans soutien,
Un fantôme vivant, une figure humaine,
Puis une voix leur dit : *C'est moi, ne craignez rien !*

Hélas ! quelle tempête a sévi sur mon être,
Et quelle lutte en moi de l'esprit sur la chair !
O flots tumultueux, trouverez-vous un maître,
Ou bien dois-je périr sur cette triste mer ?
Quand de ces noirs écueils je cherche en vain le nombre,
Un ami viendra-t-il me donner son soutien ?
Ah ! ne le vois-je pas marchant dans la nuit sombre,
J'entends sa voix qui dit : *C'est moi, ne craignez rien !*

Voici venir à moi la sombre maladie,
Mon corps souffre et languit, j'espère à chaque instant
Pour finir mes douleurs voir terminer ma vie,
Elle n'est plus pour moi qu'un poids dur, accablant.
Allons ! faible roseau, redresse encor la tête,
Souffrir !... mais n'est-ce pas le bonheur d'un chrétien?
Tu ne faibliras pas au fort de la tempête,
Une voix t'a crié : *C'est moi, ne craignez rien !*

APPENDICE

QUELQUES FLEURS DU RECUEIL

DE

Mlle MARIA D....

On lira, nous n'en doutons pas, avec intérêt
les strophes suivantes, prémices d'un talent plein
d'espérances, d'une jeune fille
enlevée à la terre à l'âge de 16 ans.

CONSÉCRATION DE MES VERS A MARIE

Comme un petit enfant qui, dans son doux langage,
Redit le nom si doux, si cher à son jeune âge,
    Nom de mère, rayon de miel,
Mon chant novice encor vient murmurer Marie,
Délicieux sujet pour ma lyre qui prie
    Que ton nom, ô reine du ciel!

Ma muse est une fleur qui veut croître à ton ombre,
Elle craint la tempête et le nuage sombre,
    Elle est frêle comme un roseau;
Je veux te la donner, vierge tendre et fidèle,
Car la blanche colombe à l'ombre de son aile
    Peut cacher le timide oiseau.

Douce étoile des mers, tu seras mon étoile;
Sur l'océan des mers guide toujours ma voile,
    Et puis conduis-moi dans le port.
Ecarte de mes chants la tristesse et la peine,
Viens m'aider à puiser dans la coupe encor pleine
    Dont ma lèvre effleure le bord.

A UNE PAQUERETTE

    Sœur de la violette,
    Mais plus modeste encor;
    Tu me plais, paquerette,
    Aux étamines d'or.

Que de fois dans mes jeux, sans souci, sans alarmes,
J'effeuillais ta couronne aux pétales d'argent,
Et je te demandais du bonheur, pas de larmes,
Et je t'interrogeais dans mes rêves d'enfant.

Puis, tu me répondais ; ma jeunesse naïve
Ecoutait, comprenait le langage des fleurs,
Je n'aimais t'enlever à ta tige craintive,
Que lorsque le matin l'inondait de ses pleurs.

    A te voir si jolie,
    On eût dit un diamant
    Tombé du firmament
    Pour orner la prairie.

Maintenant tu n'es plus, et qui donc t'a couchée ?
Est-ce l'oiseau des cieux en prenant son essor ?
Est-ce un vent trop brûlant qui t'aura desséchée,
Ou bien l'enfant jouant avec tes fleurons d'or ?

    Non, blanche paquerette,
    Ce n'est point le soleil,
    Ce n'est point l'alouette,
    Ni les zéphyrs du ciel.

La faulx du moissonneur, ô ma fleur bien-aimée,
Seule a brisé ta tige au printemps de tes jours;
La vie, ainsi que toi n'a qu'une matinée,
Mais une main plus douce en vient trancher le cours.

Sœur de la violette,
Mais plus modeste encor,
Je t'aimais, paquerette,
Aux étamines d'or.

QUAM DILECTA TABERNACULA TUA, DOMINE !

Qu'il est doux pour l'enfant exilé sur la terre,
Qu'il est doux, ô mon Dieu, ton divin sanctuaire,
    Délicieux séjour !
L'âme en ce lieu s'épanche et, tremblante étincelle,
Dans ton ardent brasier, pour se rendre immortelle
    Vient expirer d'amour.

L'hirondelle a des cieux l'infinie étendue,
La colombe a son nid, et mon âme éperdue,
    Seigneur, pour tente a ton autel.
C'est là qu'on peut, lassé, reprendre le courage,
C'est là que, voyageur, on trouve après l'orage
    Un azur sans nuage au ciel.

Mon Dieu, je veux dormir à l'ombre de ton aile,
J'y veux plier ma voile, y fixer ma nacelle,
    Ainsi qu'un pilote joyeux;
Comme un cerf altéré, vers la source d'eau vive
Je volerai, Seigneur, et mon âme craintive
    Etanchera sa soif aux cieux !

Au ciel! mon Dieu, que dis-je! il est fait pour les anges!
Ma lyre ne pourrait au luth des saints archanges
    Mêler sa faible voix,
Et cependant, Seigneur, au chemin de la vie,
Mon âme se consume en rêvant la patrie
    Ouverte par ta croix !

LE RUISSEAU

Coule, coule, onde passagère,
Fertilise la tendre fleur,
Pars sur une terre étrangère,
Porter ton murmure enchanteur.

La mousse qui borde ta rive,
Sous tes flots va se rafraîchir,
A ta voix, ma lyre plaintive
Vient mêler ses tendres soupirs.

Tu fuis, comme toi ma jeunesse
Un jour devra s'évanouir,
Avec mes seize ans d'allégresse
Tout ce que j'aimais va finir.

Près de ta source si chérie
J'aime à venir verser mes pleurs,
Comme toi s'écoule ma vie
Dans les épines et les fleurs.

Riante et pure à son aurore,
Au couchant elle est sans beauté,
Le soir, quand tu coules encore,
Ton onde perd sa pureté.

Lorsque tu t'enfuis vers l'abîme,
Ton murmure est un chant d'adieu,
Mais notre fin est plus sublime,
La vie est le chemin des cieux.

SOUVENIR DES CARESSES DE MA MÈRE

Ma mère ! ah ! que ce nom renferme de tendresse !
Oui, je la vois encor dans sa joyeuse ivresse,
    Guider mon premier pas,
Prendre ma blanche main dans sa main si chérie,
Folâtrer avec nous dans la verte prairie
    Et me tendre les bras.

Elle protégea mon enfance,
Elle veilla sur mon berceau,
J'étais toute son espérance,
Pour moi, l'aimer était si beau !

Je ne connaissais que ma mère,
Et mon bonheur était le sien,
Je n'aimais qu'elle sur la terre,
Son amour était tout mon bien.

La nuit, si ma lèvre enfantine
Laissait échapper un soupir,

On la voyait déjà chagrine
Près de son enfant accourir.

Comme un doux ange qui s'incline
Pour veiller auprès d'un berceau,
Quand le jour dorait la colline,
Elle entr'ouvrait mon bleu rideau.

Doux astre de mes jours, soleil de mon aurore,
Etoile qui brillas sur mon ciel tout d'azur,
Ma mère , ah! ton doux nom dans mon âme est encore
Comme un baume d'espoir, un parfum calme et pur.

Ah! qui me le rendra ce temps de mon enfance ?
Cet âge tout de paix et rempli d'innocence,
        Heure où l'on vit d'espoir;
Qui me le redira ton langage si tendre,
Ma mère! avec tes soins, ah! qui pourra me rendre
        Ton doux baiser du soir ?

A MARIE

Elle est là notre reine, elle est là notre mère !
Mais son ombre bénie, au-dessus de la terre
        Ne plane point encore assez.
Ah! sur un trône d'or, au sein du blanc nuage,
Elevons de Marie une brillante image,
        Et que nos cœurs y soient fixés.

Sur nous de la colline elle étendra son aile,
Et son regard divin saura nous protéger,
Nous irons dans les maux nous presser autour d'elle,
Car son joug est aimable et son fardeau léger.

Le soir nous la verrons s'élever radieuse
Comme un as' immortel, espoir du pè rin,
Et son front, couronné d'étoiles lumineuses,
Sera le phare ami qui nous guide au chemin.

Et puis, quand le soleil chassera la nuit sombre,
Nous la verrons encor se perdant dans les cieux,
Nous la verrons encor cette beauté sans ombre,
Attirant notre amour aussi bien que nos yeux.

Timides voyageurs, au sein de la tourmente
Qui de nous n'a déjà ressenti ses bienfaits,
Pour le faible orphelin c'est une mère aimante,
Son cœur est un trésor qui ne tarit jamais.

Il est ouvert à tous, ce cœur plein de tendresse,
A l'enfant du bonheur comme de la tristesse,
    Aux riches comme aux indigents ;
Donnez-lui donc aussi, puisqu'à tous elle donne,
Donnez pour lui tresser une belle couronne,
    Puisque vous êtes ses enfants.

ÉLÉGIE

Adressée à Mlle Gabrielle D....
au nom de la Congrégation des Enfants de Marie
de St-Irénée

Mon Dieu, vous avez dit à votre ange terrestre :
Viens, quitte cet exil, il n'est pas fait pour toi.
A la loi de la mort ma main va te soumettre,
Mais c'est pour te donner le bonheur près de moi.
Et la blanche colombe, à l'aile immaculée,
Docile à votre voix qui l'appelait aux cieux,
Vers le divin séjour soudain s'est envolée,
Mais un voile, à présent, la dérobe à nos yeux.
Ah ! laissez-nous, Seigneur, traverser le nuage,
Laissez à notre cœur le droit de la chercher ;
Près d'elle, nous voulons prendre un peu de courage,
Jouir de son bonheur pourra nous consoler.
Toutes, nous la pleurons, cette si tendre amie ;
Fut-il un seul instant où son ardent amour
Ne sut mettre à profit les dons de son génie,
Se faire toute à tous, se dévouer toujours ?
Quel vide parmi nous depuis l'heure suprême !
En vain nous l'appelons, elle ne répond pas.
Et pourtant, tout ici nous parle d'elle-même,
Et son doux souvenir se trouve à chaque pas.
Sous le parvis sacré du temple solitaire,
Il est là, redisant ses célestes ardeurs ;
Son doigt intelligent orna le sanctuaire,
Et sur nos saints autels fit éclore des fleurs.
L'humble, le malheureux, que rebute le monde,

Près d'elle n'essuya jamais un seul affront,
Et de son noble cœur la charité profonde,
Ayant à pardonner a demandé pardon.
Et nous, congrégation des enfants de Marie,
Que ne devons-nous pas à l'entier dévoûment
Qui lui fit nous donner son repos et sa vie ?
A nous elle a pensé jusqu'au dernier moment,
A ce suprême instant, en quittant cette terre,
On l'entendit encore, au milieu des douleurs,
Demander au Seigneur, dans une humble prière,
La charité, la paix et l'union des cœurs.

Tous les saints ont senti en eux quelque chose de ce qui fait les poëtes. L'habitude de méditer sur les mystères de la vie et de voir Dieu dans ses œuvres, les élève jusqu'à ces régions supérieures qui sont le domaine propre de la poésie. Tous n'expriment pas leurs idées avec le même bonheur, mais tous ressentent l'influence du souffle divin sans lequel il n'y a pas de génie.

Cependant, pour parler en vers, il faut de plus avoir reçu du ciel un don qu'on apporte en naissant, rare aujourd'hui surtout, car jamais siècle peut-être ne fut moins poétique que le nôtre.

Parmi ceux de nos contemporains qui se croient ou sont réputés poëtes, plusieurs asservis à la rime lui sacrifient quelquefois l'enchaînement des idées ; d'autres croient avoir atteint le but quand ils ont asservi à la rime des pensées sans grandeur et offert au public de la prose plus ou moins habilement cadencée.

Telle ne fut pas la pieuse chrétienne dont nous croyons devoir ne pas laisser les œuvres tomber dans l'oubli ! Celle-là était née poëte, mais en faisant des vers elle ne se proposait autre chose qu'être agréable à sa famille, et de donner aux pensées pleines une sorte d'épanchement qui la soulageait.

C'est ce motif qui, l'avant-dernière année de sa vie, lui fit entreprendre un petit recueil de ses actions journalières, recueil interrompu par la maladie qui devait la conduire au tombeau. Les lecteurs, nous n'en doutons pas, regretteront comme nous qu'elle n'ait pu le prolonger davantage.

Du reste, elle ne désirait pour ses œuvres aucune publicité, ni de son vivant, ni après sa mort. Ennemie de toute ostentation, contente d'avoir pour confidents son Dieu et quelques personnes intimes, elle se sentait plus libre quand elle avait confié au papier les pensées qui débordaient de son cœur.

Enfin, habituée à la souffrance, c'est dans la douleur chrétiennement supportée, dans la résignation et la paix qu'elle a puisé cette sensibilité exquise qui ajoute aux œuvres de l'esprit le charme de l'expression.

Il nous reste à retracer en quelques mots les principales circonstances d'une vie trop courte aux yeux de ceux qui la connaissaient, mais qui sans doute était complète aux regards de Dieu.

Gabrielle D... naquit à Lyon, le 3 août 1839, d'une famille honorable qui comptait parmi ses membres un ecclésiastique, aussi habile artiste que saint prêtre; nous notons cette circonstance parce qu'elle est nécessaire pour comprendre quelques-uns des faits rappelés dans ce petit livre.

Encore très-jeune, elle perdit successivement sa mère et sa sœur aînée; privée de leur concours, son père la mit dans le pensionnat tenu par les religieuses du Sacré-Cœur, aux Chartreux. C'est là qu'elle fit sa première communion et commença à montrer, avec une piété précoce, les qualités de l'esprit et du cœur dont le bon Dieu avait mis les germes dans son âme. Chose plus rare encore à cet âge, où l'imagination joue un si grand rôle, elle apprit à apprécier les choses de ce monde à leur juste valeur, à supporter avec une résignation chrétienne les souffrances qui, dès ce moment, lui furent envoyées, en un mot à aimer la croix.

Sa santé naturellement délicate ne tarda pas en effet à être soumise à une rude épreuve. Un jour, pendant l'heure de la récréation, une de ses compagnes étourdies ayant plié une pierre dans un mouchoir la lança avec force. Gabrielle D.... la reçut en pleine poitrine, et des vomissements de sang immédiats révélèrent combien le mal était grand, et peut-être fut-ce l'origine de ces palpitations de cœur dont elle souffrit tout le reste de sa vie.

Revenue à la maison paternelle, elle se trouva, par suite de diverses causes, chargée d'élever un petit neveu que ses soins assidus parvinrent à tirer d'une maladie très-dangereuse. Devenue pour lui une seconde mère, on la vit s'appliquer à des études inusitées et difficiles pour une femme, afin de compléter l'éducation de son pupille jusqu'au moment d'entrer au petit séminaire de St-Jean. L'affection qu'elle lui voua fut la source de quelques-unes de ses poésies les plus touchantes.

Tout cela cependant ne suffisait pas à son zèle, elle visitait les pauvres, s'asseyait au chevet de ceux qui étaient malades et s'efforçait de les soulager et de les consoler.

En même temps elle donnait ses soins à une congrégation de jeunes filles encore au début, et tout en les édifiant par sa piété, elle les formait à l'amour du travail et de l'économie; elle leur apprenait par son exemple à utiliser les plus petites choses, et à faire servir même à la décoration des autels ce que d'autres auraient dédaigné comme inutile.

Ce fut en 1874, c'est-à-dire moins de deux ans avant sa mort, qu'elle eut la pensée de consigner dans un petit recueil les impressions que les divers incidents de chaque journée lui apportaient. On lira avec intérêt les fragments trop courts que nous en publions, car la discrétion à l'égard d'une famille qui existe encore, ne nous permet pas de révéler certaines parties consacrées à des détails trop intimes malgré l'intérêt qui s'y attache.

La dernière maladie de Mlle D..... a été une longue agonie de deux mois pendant lesquels, le corps enflé successivement jusqu'à la poitrine, tourmentée par des suffocations presque continuelles, elle n'a pas laissé échapper une plainte. Sa seule préoccupation semblait être de remercier et de consoler ceux qui l'entouraient. Il serait superflu d'ajouter qu'elle puisait cette patience vraiment admirable dans la réception aussi fréquente que possible de la sainte Eucharistie. Douce pendant sa vie, c'est bien d'elle qu'on a pu dire: Elle l'a été même envers la mort. Ses dernières paroles recueillies comme un précieux héritage par la congrégation à la tête de laquelle son mérite l'avait fait placer, ont été un souhait et une prière pour la paix entre tous et l'union des cœurs. . X.

JOURNAL

De Mlle Gabrielle D***

Fête de l'exaltation de la Sainte Croix

Le 14. — Messe à Ainay. Petite Vierge de St-Irénée je ne vous boude pas, lors même que vous ne m'exaucez pas toujours. Quand je pourrai vous revoir, quel bonheur ! En attendant, *loin des yeux, près du cœur*, ma douce reine des martyrs, c'est sous vos auspices que je commence ce cahier, afin que vous m'appreniez vous-même à bien penser avant d'écrire. *Scripta manent !* Ah ! maudit proverbe, pourquoi es-tu si vrai ? Les écrits restent, et ceux qui devraient être brûlés sont malheureusement ceux qui se conservent le plus longtemps. Puisse mon cœur ne déborder ici que conformément à la charité ! Ses battements toujours de plus en plus accélérés ont l'air de me demander un confident, voilà pourquoi je prends la plume, voilà pourquoi je le commence, mon cher cahier, à l'exemple de beaucoup d'autres qui ont trouvé là des charmes et des consolations. Il me faut écrire à Paris, répondre à une lettre... Fermons ces pages, à plus tard.

C'est fait, mais que j'écris froidement ! Est-ce que je ne sens plus rien ? Le temps est beau, ravissant, et mon cœur triste. Mon style, par trop laconique, s'en ressent. — Voici la quête de la paroisse, belle mission que celle-là et qui guérit de l'égoïsme. Que je regrette de ne pouvoir plus la faire !

Le jour baisse, bientôt il ne sera plus. Celui de demain sera-t-il pour moi ? Désormais chaque soir me donnera ces réflexions, car je crois avoir une maladie mortelle. Néanmoins je serai gaie, gaie comme le pinson qui ne songe pas à l'avenir, gaie comme la fleur qui ne prévoit pas l'ouragan, parce que dans votre sein, ô mon Dieu, mon âme puisera le calme et le repos. Pauvre corps, va dormir, va, et toi, mon âme, veille toujours.

Le 15. — Ciel nébuleux ce matin, vent froid, temps de vendange, n'ai-je rien à écrire ici ? Oh ! dans un instant, dans une heure, je serai plus abondante.

Pas de messe chez M. M... Pas revu cette petite chapelle de laquelle je sors toujours le cœur plein de souvenirs. C'est mardi pourtant, c'est le jour où je prie spécialement pour l'ancien petit servant que j'y accompagnais autrefois. C'est mardi, jour consacré aux saints anges gardiens, je vais répéter au sien ce que je lui disais en octobre 1868.

Ange saint du Seigneur, formé de son essence,
De mon âme attendrie écoute les désirs,
C'est toi qui tiens en main notre chère espérance,
    L'objet de nos soupirs.

Le jour même où naquit la frêle créature
Que Dieu nous envoya, du ciel tu descendis,
Doux gardien ! cher enfant ! de quelle chaîne pure
    Vos cœurs furent unis !

Quel bonheur fut le tien au jour de son baptême!
Je te vois le baisant avec un saint transport.
Un cœur de plus pour Dieu, quand on l'aime soi-même,
    N'est-ce pas un trésor ?

Dans ce blond chérubin tu trouvas ton image,
Et dès lors, t'efforçant de le conserver pur,
Tu le pris par la main, cherchant pour son jeune âge
    Le chemin le plus sûr.

Il grandit sous nos yeux; sa jeune intelligence,
Douce étoile, éclaira notre sombre horizon,
Et l'éclat émanant de sa propre science
    Illumine son front.

Pour moi, faible instrument de ta vive tendresse,
En l'aimant, avec toi je devais partager
Les craintes de ton cœur, ton tourment, ta tristesse,
    A l'apect du danger.

Tu m'aidas à meubler sa mémoire fidèle,
En rendant familier à son œil enfantin
Les traits de l'alphabet et l'ennuyeux modèle
    Que lui traçait ma main.

Et le soir, quand sa tâche avait été remplie,
Un instant vers le ciel, tu prenais ton essor
Pour écrire son nom sur le livre de vie,
    En belles lettres d'or.

Si quelque chute, hélas ! venait comme un nuage
Assombrir sa journée et dérouter son cœur,
Ange saint, tu pleurais, te cachant le visage
  E' priant le Seigneur.

Mais Dieu lui redonnait sa première innocence,
De tes soins vigilants tu reprenais le cours,
En lui montrant de loin l'heureuse récompense
  Et le plus beau des jours.

Elle apparut enfin, cette brillante aurore
Qui de son pur bonheur dut te rendre jaloux,
Devant Dieu, devant lui, je crois te voir encore
  Fléchissant les genoux.

Bon ange, ah ! redis-moi les secrets de son âme,
Et ses serments d'amour par toi seul entendus,
A mes yeux éblouis fais scintiller la flamme
  Dont l'éclaira Jésus.

Ah ! si ma mission dans son cœur est remplie,
Ange de mon P..., la tienne ne l'est pas,
La nuit comme le jour, au sentier de la vie,
  Guide toujours ses pas.

Rappelle-lui souvent ses anciennes promesses,
La clémence de Dieu, si prodigue en bienfaits,
Qui lui fit savourer ses immenses richesses
  Et sa divine paix.

Puissions-nous l'admirer longtemps sur son visage,
Ce calme des cœurs purs, cette paix du Seigneur!
Dans sa divine loi, puisse-t-il à tout âge
  Chercher le vrai bonheur !

Il ne saurait trouver sur cette terre aride
Une fleur sans épine, une coupe sans fiel;
Cueille donc pour son cœur, de jouissance avide,
  Quelques roses du ciel.

Pilote intelligent, pour sa chère nacelle
Dans les temps orageux découvre un ciel d'azur,
Garde toujours son âme aussi blanche, aussi belle
  Que le lis le plus pur.

Bon ange, à son esprit conserve la droiture,
La tendresse à son cœur, la vigueur, la santé
A ce corps qui devra revêtir la parure
  De l'immortalité.

Oui, je l'espère, un jour emporté sur ton aile,
Nouvel ange, il ira, puissant et radieux,
Entonner avec toi, sur la lyre immortelle,
    Le cantique des cieux !

Oui, je te répète tout cela, bon ange, écoute-moi,
je t'en prie ; écoute-moi aujourd'hui et toujours.

Le soleil reparaît radieux, et mes liserons lui ouvrent
largement leurs calices. Ah ! que tous les cœurs s'ouvrent ainsi au soleil vivifiant de la grâce !

Le 16. — Lu M. de Ravignan, par le P. A. de
Ponlevoy.

Que ces premiers chapitres de ces vies d'hommes
d'élite m'intéressent ! Je crois toujours y voir une ana-
logie frappante avec une autre vie commencée sous mes
yeux. La tendresse, aidée de l'imagination, sait bien faire
les châteaux en Espagne. M. P. de Ravignan, d'une
intelligence précoce, a échappé plusieurs fois à la mort
dans sa jeunesse, il en est de même du père Lacor-
daire, mais quelle énergie de volonté chez l'un comme
chez l'autre ! A l'époque de sa première communion,
celui que j'ai étudié ce matin refusait déjà catégori-
quement de se laisser conduire au spectacle. Je sais
que cet autre enfant que j'aime, a refusé, l'année dernière, de manger gras un vendredi, disant qu'il n'avait
pas faim ; demi-faiblesse qui cependant me fait plaisir.
Que fait-il cette année ? Il a dix-sept ans, c'est pour lui
le moment décisif, parce que l'influence des bons prêtres qui l'ont dirigé pendant six ans, va cesser de se
faire sentir. Ne rencontrera-t-il personne qui lui
fasse comprendre que l'on peut être catholique, que
dis-je ? très fervent catholique au milieu du monde ? Les
bons pères de famille deviennent si rares, et la société
en a besoin. Quelle que soit ta vocation, ô mon cher
P....., n'oublie pas ton Dieu. T'a-t-on lu les vers que
je composais pour toi, alors que tu avais à peine un an ?
J'en détache ces lignes pleines d'actualité :

P..... on va bientôt t'apprendre à le prier,
  Ce Dieu si bon qui parlait comme un père,
 Mais dans la suite, hélas ! tu pourrais l'oublier ;
 Riche ou pauvre, entouré de gloire ou de misère,

Souviens-toi que dans lui se trouve le bonheur,
Et non pas dans l'orgueil ou la fange du vice.
Ah ! la religion n'est point un déshonneur,
Aime donc toujours Dieu pour que Dieu te bénisse !

Mais qu'ai-je fait ? n'est-ce pas de la peine perdue d'écrire comme si je lui parlais ? Verra-t-il ces lignes ? Il est bien certainement le seul être au monde à qui je voudrais les laisser, car de même que je connaissais à fond sa petite âme, il serait très-juste qu'il connût un jour la mienne. Si je meurs bientôt, je lui léguerai ce cahier, et c'est dans cette prévision que je m'échapperai parfois à m'adresser directement à lui. Il y a eu discussion aujourd'hui à Choulans entre le propriétaire et son locataire, à propos d'une dédite et d'une remise de clefs, tout cela nous a remué le cœur. Maintenant tout est calme. La nuit vient encore ajouter à cette paix. Bonsoir, mon cahier.

Le 17. — Messe et bénédiction à St-Irénée. Ayant eu à faire dans la salle des réunions des enfants de Marie, j'y suis descendue, on m'y a fermée par mégarde. En attendant que je puisse me faire entendre du dehors, j'ai songé à la recluse. Seule avec Dieu seul, que c'est beau ! Il m'a pris d'envier son bonheur, mais c'était impossible aujourd'hui, et j'ai dû faire tapage pour qu'on m'ouvrît la porte. Ne puis-je pas, du reste, vivre au milieu du tourbillon de la terre dans la retraite intérieure, me faire une petite cellule dans le fond de mon cœur pour y parler à Dieu ? J'ai reçu ce matin mon Jésus, et j'éprouve une indicible paix auprès de lui ; seulement j'emploie assez mal un temps si précieux. Cette parole de Ste Thérèse me revient à l'instant, et j'aspire à en faire mon profit : *Si N.-S. lorsqu'il allait par le monde guérissait les malades par le seul contact de ses vêtements, quel doute y a-t-il qu'il ne fasse des miracles étant au dedans de moi ?...* Et plus loin : *Oui, c'est là un excellent temps pour négocier avec N.-S.* Je sais bien le négoce que je vais faire avec lui. Qu'il me prenne fortune, santé, vie même, pour le salut de plusieurs personnes qui me sont chères, il les connaît, qu'ai-je besoin de les écrire ici ? c'est une affaire entre nous.

Voici le soir; d'après le conseil de Ste Thérèse, ai-je
bien employé ma journée? J'avais ce matin l'âme disposée à la prière et à la poésie, mais mon ouvrage
était un jupon à faire. Tout cela pouvait aller ensemble.
J'ai prié sur les mille raies d'une étoffe noire et blanche, disant à Dieu que je voudrais lui faire autant
d'actes d'amour, ensuite j'ai versifié sur ces deux couleurs tranchantes.

Le blanc, c'est le jour qui m'éclaire,
Pour mon esprit c'est la lumière ;
Le noir, c'est une sombre nuit,
Pour mon cœur un bonheur qui fuit.

Le blanc, c'est l'enfant au baptême,
Que l'on bénit et que l'on aime ;
Le noir, c'est l'orphelin en deuil
Se désolant sur un cercueil.

Le blanc, c'est le sein d'une mère,
C'est son doux lait qui désaltère ;
Le noir, c'est la suie et le fiel,
C'est le péché, poison mortel.

Le blanc, c'est le pain de la joie,
Qu'à son gré le ciel nous envoie ;
Le noir, le pain trempé de pleurs
De la misère et des douleurs.

Le blanc, c'est l'éclat de vos ailes,
Colombes tendres et fidèles ;
Le noir, ce point noir sur la tour,
Méfiez-vous, c'est le vautour.

Le blanc, c'est ton reflet splendide,
Ame innocente, lis candide ;
Le noir, c'est un air corrupteur,
Qui sait flétrir jeunesse et fleur.

Le blanc, c'est l'agneau plein de vie
Paissant gaiment dans la prairie ;
Le noir, c'est un serpent malin
Qui lui lance dard et venin.

Le blanc, c'est un voile de vierge ;
Le blanc, sur l'autel c'est un cierge ;
Le noir, c'est un perfide amour
Qui consume un cœur sans retour.

Le blanc, de l'ange c'est la face,
Belle de sagesse et de grâce;
Le noir, c'est l'affreux Lucifer
Blotti dans un coin de l'enfer.

Le blanc, c'est la divine hostie
Qui dans mon sang verse la vie;
Le noir, ô Judas, c'est ton cœur,
Ton cœur sacrilége et trompeur.

Le blanc, c'est la voile au navire,
L'espoir à l'âme qui soupire;
Le noir, sur la mer en fureur,
C'est le récif dont on a peur.

Le blanc, jour sans fin, sans nuage,
Des bienheureux c'est le partage;
Le noir, ah! c'est l'obscurité
Des méchants dans l'éternité.

Le 18. — Rien de saillant à Choulans, que la visite de deux personnes; quatre jeunes gens qui ont gambadé dans le jardin m'ont rappelé celui que je voudrais y voir, et les larmes me venaient aux yeux. Heureusement personne ne les a vues, car j'avoue qu'il y avait là un peu de jalousie.

Le 19. — Toujours beau temps, personne ne s'en lasse, chacun au contraire profite de cette fin de saison pour des promenades à la campagne; il n'est pas jusqu'aux animaux qui n'en jouissent à leur manière. Marquise et Blanchette se prélassent à leur aise dans le jardin, guettant les lézards gris ou les serpents. Les mouches, les guêpes, les araignées y mènent encore une vie tranquille et les oiseaux y fredonnent leurs jolis airs. Que c'est gai tout cela et que cette solitude est préférable au tumulte de la ville! Je vais la traverser (la ville) pour faire une ascension sur un coteau béni qui a toujours gardé une partie de mon cœur. A bientôt mes impressions.

Le 20. — La fatigue m'a empêchée d'écrire hier au soir, et je me suis dit, comme bien des fois: allons pauvre corps, il faut t'obéir. Je ne suis pas allée au Sacré-Cœur, mais la seule vue de la maison me fit toujours au cœur un bien indescriptible. Je ne l'ai pas cependant plus sensible qu'un autre. Non, non, c'est impossible d'oublier les premières années de notre enfance, ni les personnes qui les ont entourées.

Le 21. — Mon excursion à St-L... s'est effectuée dans d'excellentes conditions. J'ai dit adieu à Choulans pour quelques jours, et je suis montée en vagon bien joyeuse de venir voir ce séjour que ma bonne Louise aimait tant. La rapidité du voyage m'a fait penser à celle du temps. Vallons, ravins, montagnes, maisons, clochers, tout cela n'a fait que passer devant mes yeux. Ainsi va la vie: les jours pleins d'espoir, c'est la verdure, ceux qu'environne la tristesse, c'est le rocher. Les uns et les autres ne font que paraître et disparaître.

Le 22. — Comme j'ai bien dormi dans le lit de ma Louisette que sa chère sœur Marie m'a cédé! Bonne et tendre amie, combien souvent ma pensée vole vers elle! Elle fait le bien là-bas, sa vocation doit être extrêmement solide, mais quel vide pour sa famille!

Le 23. — Marie et Hélène ont beaucoup causé ce soir de la manie qu'ont pris certaines personnes d'écrire leur journal. Elles ne se doutaient certainement pas que j'avais cette faiblesse. Cela m'a donné à réfléchir. Dois-je continuer ce que beaucoup de personnes sensées appellent une perte de temps, un plaisir plein d'orgueil et d'égoïsme? Oui, malgré tout je continue, personne peut-être ne s'amusera à lire ces lignes, je crois que cela m'habitue à réfléchir et à tirer de tous les événements une conséquence pratique. Quant à la perte du temps, je crois que mes devoirs d'état n'en souffriront pas. J'use de mon cahier comme d'un délassement permis, et pourvu que Dieu n'en soit pas offensé, peu m'importe le jugement des hommes à cet égard.

Le 24. — J'ai causé à X... avec l'ancien père de mon âme; heureusement ma visite a été courte (la voiture m'attendait à la porte) car l'émotion que j'ai éprouvée a failli plusieurs fois faire couler mes larmes. Le principal sujet de notre conversation a été le cher enfant que j'ai tant aimé. Personne ne veut croire que je ne le vois plus. Monsieur le curé priera pour lui et pour nous tous.

Le 25. — Je vais quitter le Beaujolais, riant pays où j'ai trouvé bon air et bon accueil. Ma chère Marie savait bien qu'elle me flatterait quand elle me disait en m'embrassant ce matin : « Vous ressemblez à Louise, non de figure, mais d'allures »; que je voudrais lui ressembler de cœur et d'âme !

Le 26. — J'ai retrouvé ma chambrette, et ce matin j'en fais l'inspection avec un vrai plaisir. Elle est pleine des souvenirs de notre bon oncle. Son Christ, deux de ses peintures (*Mater dolorosa* et tête de mort); une statuette de la Ste Vierge moulée par lui, enfin, son portrait devant lequel je suis quelquefois tentée de prier comme devant l'image d'un saint. Que j'aime tous ces objets, et comme j'y ai attaché mon cœur sans m'en douter ! C'est au point que je ne voudrais m'en séparer qu'à la mort.

Le 27. — Quitté hier ma description pour compter ma lessive. Impossible de trouver là de la poésie; mais la prière ! elle est partout, c'est son jour maintenant, c'est dimanche. Au retour de la messe une lettre de huit pages m'attendait. C'est Jenny; cette bonne cousine m'annonce l'envoi d'un souvenir : une bague ayant appartenu à sa mère. Il faut que je m'applique à être moins froide. La saison est exceptionnellement chaude et douce, pourquoi mon cœur est-il si glacé?

Le 28. — Vent, nuages sombres, véritable orage se préparant à l'horizon… (Midi.) Que s'est-il passé? A peine quelques gouttes sont tombées sur la terre et tout est rentré dans le calme ; votre seul regard, ô mon Dieu, a suffi, et c'est ainsi que vous changez les cœurs. L'inquiétude, le trouble, les faux scrupules, tout cela

n'est rien pour celui qui vous aime. L'ouragan passe
sans briser le roseau à moitié rompu. Ce matin je n'osais
sortir, ce soir je pars joyeusement à la recherche des
nouvelles de ma chère sœur Marie de la Rédemption.
Une bonne petite religieuse vient m'en donner à son
parloir; mais qu'elles sont anciennes! Deux grands mois
se sont écoulés depuis leur arrivée. Demain on lui
écrira, la communauté et ces dames me rappelleront à
son souvenir. Ah! si elle pouvait obtenir par ses
prières une grâce que je demande depuis si longtemps.
Le bon Dieu ne doit rien refuser à ceux qui font pour
lui de si grands sacrifices.

Le 29. — Fête de St-Michel, messe chez M. M...
au retour, je reçois ma bague. Elle est très-jolie; trois
petits médaillons blanc, vert et bleu, contiennent la
croix, l'ancre et le cœur enflammé, symboles des vertus
théologales.

A chaque instant, bague chérie,
Mes yeux s'inclineront vers toi,
Tu m'apprendras que toute vie
Est inutile sans la foi ;

Tu me diras que l'espérance
Est un soutien dans les douleurs,
Qu'au ciel est une récompense
Promise à la suite des pleurs ;

Tu me diras : aime ton frère,
La paix est dans la charité.
Aime ton Dieu sur cette terre,
Pour l'aimer dans l'éternité.

J'ai écrit à Jenny et à Marie, et je suis allée voir la
petite Marguerite qui était malade. Pauvre petit ange!
comme sa mère est heureuse de la voir hors de danger!

Le 30. — Rien à écrire que des inutilités. Migraine.

Le 1er octobre. — Ascension à St-Irénée. Petite
commission ennuyeuse. Je ne crois pas avoir réussi
dans ma démarche, que la volonté de Dieu soit faite!

Je suis habituée d'échouer chaque fois que j'essaie une conciliation. Ceci n'est rien, les ennuis de famille sont bien plus importants.

2 h. — Enfin voilà la pluie; depuis quatre jours le vent soufflait. Pauvre petit jardin de Choulans, comme tu as besoin de cette eau! Je t'aime avec tout ton désordre, tes herbes croissant çà et là, tes mille plantes vivaces chevauchées les unes sur les autres. Un jour que j'en aurai le temps, je passerai en revue sur ce cahier tes coins et tes recoins. Maintenant je n'y vois presque plus, le tonnerre gronde... Il faut prier!... Prier pour tous et surtout pour ce bon petit cœur qui disait un jour : Si j'étais grand et riche, j'achèterais Choulans pour le garder tel que mon grand-père le laissera. Que d'amour, que de respect filial dans ces quelques mots! O mon cher petit P..., est-ce qu'il ne reste rien de tout cela en toi? Tes bons sentiments, je l'espère, ne sont qu'endormis.

Le 2. — Fête des Saints Anges. Mon esprit et mon cœur devraient passer ce jour au ciel pour y apprendre l'adoration et l'amour. Mais tout en restant sur la terre, ils peuvent y trouver ces pures intelligences. A Ainay, qu'il m'a été doux ce matin de réciter le *panis angelicus!* Il me semblait les voir dessus, derrière, à tous les côtés entourant ma petite hostie. Et puis il m'ont suivie, ils sont là près de moi. Mon ange gardie ne me quitte pas, les autres vont et viennent. Mon saint patron, l'archange Gabriel, toujours présent devan Dieu, n'est pas fait pour la terre; les grandes mission sont terminées pour lui, mais je l'appelle avec tan d'ardeur qu'il doit venir aussi, ne serait-ce qu'une mi nute, adorer mon Sauveur. J'en vois partout des anges près des petits enfants pour protéger leur sommeil; côté des vieillards et des malades pour assister leu dernière heure. Ceux des méchants pleurent et se couvrent la face de leurs ailes, ceux des âmes innocent sont rayonnants de bonheur. Que fait-il le tien, che P...? Que fait-il? Je ne le vois pas, mais comme j le prie!... Si je ne te parle plus, nos deux anges conve sent entre eux, et c'est pour moi une suprême consol tion. Oh! que la foi nous dit de belles choses!

Le 3. — Réveillée par le glouglou de la pluie qui tombe à torrent et le ploupiou des moineaux. Point d'autres bruits que celui des voitures sur la route ; dans ce silence, qu'il est doux de parler à Dieu!.. Point de messe par ce mauvais temps, cela tourmenterait les miens; mais il y a moyen de la remplacer par un quart d'heure de réflexions pieuses et un quart d'heure de lecture pour me préparer à la fête de demain. Demain! je voudrais avoir beaucoup de roses à offrir à ma tendre mère! Hier l'archange Gabriel me parfumait l'esprit de celle qui s'épanouit sur ses lèvres. Je vous salue Marie!.. Aujourd'hui, je voudrais greffer ma tige sur la sienne, moduler ma faible voix sur ses accords, afin que demain des roses plus belles, des *Ave Maria* plus fervents, s'échappent aussi de ma poitrine. Mais hier, aujourd'hui, demain, c'est toujours le temps, et rien de parfait ne peut y paraître. Les fleurs les plus fraîches y penchent tour à tour leurs calices. Au ciel seulement je vous fêterai d'une manière digne de vous, ô douce et bonne Dame du Rosaire!

Le 9. — C'est le sixième jour que je n'ai rien écrit là, le temps m'a manqué; mais que j'aurais eu de choses à y mettre! Cette belle fête de dimanche où mes pauvres petites chanteuses ont fait ce qu'elles ont pu, et puis cette autre fête improvisée pour moi, ce beau petit ange Gabriel placé sur un bénitier. Il me manquait dans ma chambre mon saint patron: elles l'ont deviné, ces chères enfants.

Que dire encore?... Le soir j'ai eu une si grande espérance que je n'ai presque pas dormi de bonheur. Déjà je remerciais les Saints Anges d'avoir exaucé mes prières. Hélas! lundi tout s'est évanoui. Mon cœur en a été troublé un instant, mais j'ai confiance en Dieu. Une petite âme qui pendant 17 ans a été entourée de sollicitude, un esprit aussi droit que me le prouve le cahier que j'ai devant les yeux, tout cela serait-il perdu en un instant? Non, j'espère qu'il sera chrétien et bon chrétien.

Le 10. — Belle journée pour jouir du bon air et terminer les plantations d'automne; mais quel piètre

jardinier a voulu s'en mêler : faire dix trous pour dix
plants d'iris a été un rude travail pour elle. Que la
volonté de Dieu soit faite, la prédiction d'un saint prêtre se réalise en moi : « Vous ne ferez jamais qu'une
chrétienne de salon. » Aujourd'hui j'ai voulu faire une
chrétienne de jardin parce que j'aime les fleurs, mais
je présumais trop de mes forces.

1875

Le 9 Mars. — L'hiver a été rude, la nature a longtemps dormi et ma plume a suivi son exemple. Le
chant des oiseaux commence à charmer notre solitude ;
voici deux jours que le soleil paraît dans tout son éclat,
les lilas commencent à bourgeonner, tout cela invite
mon cœur à la prière. Puisque tout s'éveille autour de
moi, dois-je rester encore engourdie ? Allons, courage,
mon âme, point de tristesse, point d'accablement ; n'y
a-t-il pas de douleurs pour tous ? N'y en a-t-il pas
pour cette pauvre mère de qui on vient d'enterrer le
fils unique, un enfant de 5 ans ? Ma lettre ne pourra
pas la consoler, mais il est toujours doux, dans la
douleur, d'être assuré que des cœurs amis la partagent.
Que j'ai pleuré en écrivant les lignes suivantes :

« Pauvre petit Georges ! comme il a dû souffrir ! et
tous ceux qui l'aimaient, dans quelle anxiété ils devaient
être ! Il me semble le voir moi-même, et entendre le
bruit que devait faire sa pauvre petite poitrine, dans
laquelle l'air ne pouvait plus pénétrer. Comme je regrette de n'avoir pas su qu'il était malade ! Vous m'auriez bien permis de l'embrasser une fois, vous, quand
même ce n'était pas mon neveu et que je n'aie jamais
rien fait pour lui ».

Le 19. — Personne ne s'imagine que ce jour est pour
moi un des plus beaux de l'année. Vous savez pourquoi
ô mon Dieu ; c'est un secret entre vous et moi. Ah !
donnez-moi de répondre à votre amour ! S. Joseph,
protecteur des vierges, faites-moi chérir tous les jours
davantage cet état de prédilection, et rendez-moi digne
de marcher à la suite de l'Agneau. Hélas ! hélas ! pauvre petite lampe, comme ta flamme est vacillante ! pau-

vre âme que ton amour est faible ! Orgueil, égoïsme, attachements terrestres, pourquoi voulez-vous étouffer ma lumière ?

Le 21. — Encore un beau jour plein de souvenirs ! Petite branche de rameau béni, tu vas remplacer près de mon lit celle de l'année dernière. Ta fraîcheur, signe d'espérance, me ravit de joie, et je te reçois dans ma chambre comme un ami reçoit son ami. Ne seras-tu pas tous les jours à mon chevet, et si vient cette année le dernier de ma vie, tu seras aussi l'aspersoir qui servira à bénir ma dépouille mortelle. Ton aspect, rameau chéri, n'éveille pas uniquement dans mon cœur l'idée de la mort ; car ce jour est pour moi l'anniversaire de celui où la vie m'a été donnée. Le feu n'a pas consumé toutes les branches que j'ai fait bénir chaque année : il en est une dont j'ai gardé quelques feuilles comme une précieuse relique.

Il y a 24 ans, c'était le 13 avril, que je la plaçai sur mon cœur, dans lequel venait de descendre pour la première fois le Dieu du ciel. Ah ! depuis lors, si j'avais su renouveler mon amour chaque fois que j'ai renouvelé mon rameau béni ! Si j'avais brûlé comme une herbe sèche toute affection personnelle et égoïste ! Quels progrès j'aurais faits !.. N'est-ce pas enfin le temps de me dépouiller du viel homme pour revêtir l'homme nouveau ? Aidez-moi, Seigneur, aidez-moi.

Le 22. — Michel bêche et retourne la terre de notre jardin, absolument comme a besoin d'être bêché et retourné mon cœur, si je veux y détruire les mauvaises racines. Que d'ouvrage ! que d'ouvrage ! Michel dit que sa besogne est difficile, parce que depuis longtemps nous n'avons pas eu un bon jardinier. Je n'ose pas me plaindre de celui qui cultive mon cœur ; j'aime mieux avouer que je suis une mauvaise terre, indocile et pierreuse. Ah ! dans cette grande semaine, faites-moi la grâce, ô mon Dieu, de céder enfin à vos saintes aspirations ! Que votre bienfaisante rosée ne tombe plus en vain dans mon parterre.

Le 23. — De la neige sur mes violettes...

Aussi pourquoi vous redressiez-vous tant? On dit que vous êtes le symbole de l'humilité, mais tout en vous cachant à demi sous les feuilles, vous aviez l'air de vouloir attirer les regards par votre parfum ; et voilà que le ciel vous a glacées peut-être !...

C'est bien l'effet que produit l'humiliation dans les âmes qui n'ont que l'apparence de l'humilité. Les doux reproches leur sont amers, c'est une glace qui les recouvre, et les plonge dans une profonde tristesse.

Reparaissez, soleil vivifiant, venez réchauffer mon cœur et redresser mes fleurs chéries.

Le 25. — C'est la Pâque nouvelle, nous l'avons célébrée ce matin par nos chants. Comme ces chères enfants ont été recueillies ! Avec quelle ferveur leurs voix ont modulé sur un air bien simple les sentiments de mon cœur!

Je viens à toi, source délicieuse,
Sans toi, la vie est un désert brûlant;
Mais cet autel, c'est la vallée heureuse,
C'est l'oasis au palmier verdoyant.

Je viens à toi ! je gémis, je soupire,
Je suis, hélas ! comme un cerf altéré.
De ton eau vive au cœur qui te désire,
Ah ! donne enfin un flot pur et sacré !

Je viens à toi, c'est la Pâque nouvelle;
A ce festin des saints enivrements,
J'entends la voix qui tendrement m'appelle :
Ne veux-tu pas y voir tous tes enfants ?

Je viens à toi ! De la divine Cène
Je veux aussi connaître le bonheur ;
Trop faible apôtre, à tes pieds je m'enchaîne,
Si je ne puis reposer sur ton cœur.

Je viens à toi; ma profonde misère
Vient s'enrichir, Seigneur, à tes trésors;
Hélas ! comment te suivrai-je au Calvaire
Si je ne suis nourrie au pain des forts?

Et nous l'avons toutes reçu ce pain mystérieux et doux ! Laquelle refusera maintenant de souffrir ? Ce soir à l'heure sainte, je dirai bien à N.-S., que je suis prête à le suivre au Golgotha, mais hélas ! ne sera-ce pas trop de présomption?...

Le 26, Vendredi-Saint. — Hier soir, j'ai été bien surprise de voir devant le reposoir des jeunes filles costumées de blanc avec des rubans et des ceintures rouges. Cela m'a rappelé le manteau d'adoration des religieuses du Sacré-Cœur ; cela m'a rappelé surtout le sang précieux que Jésus commença à verser la veille de sa passion. Aujourd'hui, je voudrais y mêler au moins quelques larmes, mais j'ai bien médité pour m'attendrir, je me sens au contraire disposée à la joie. Quel bizarre caractère ! Je vais m'en prendre à ce brillant soleil, qui fait jouer ses rayons dans les vitres de ma chambre. Rien autre de gai ne vient en ce moment me réjouir. Autour de moi, tourments, solitudes de toutes sortes qui accablent mon père chéri. Au dedans de moi peine de cœur réelle et profonde, au sujet de P.... Inquiétude pour le présent, incertitude pour l'avenir. Eh ! tout cela me laisse calme, froide, indifférente. Médite toujours, ô mon âme ! Si les douleurs de la terre ne sont rien, mesure au moins l'étendue de celles que ton Dieu a ressenties au Calvaire !

Le 27. — Hier au soir, j'ai enfin senti ma paupière s'humecter. Seule dans ma chambre, j'ai pensé au conseil que le prédicateur nous donnait quelques heures plus tôt en terminant son sermon, et j'ai serré contre mon cœur l'image de Jésus mourant. « O mon cher crucifix, me suis-je écriée, les mains de mon bon oncle, les mains d'un saint l'ont pressé comme je le presse! N'a-t-il pas attaché à ta vénération une bénédiction particulière? Un jour, le cher enfant que j'aime, en proie aux souffrances d'une terrible maladie, demandait avec instance à chaque nouvelle crise, qu'on lui donnât son *petit bon Dieu.* Et c'est toi que je mettais dans ses mains ; aussitôt son visage baigné de larmes s'illuminait d'un sourire, et sa douleur semblait s'apaiser. Depuis cette époque, je revois toujours en esprit son regard où brillait la foi, ses lèvres pâles collées sur tes pieds, et ce sourire empreint d'une véritable tendresse pour le

Dieu de sa première communion. Depuis cette époque, ô mon cher crucifix, je l'aime encore davantage; il me semble que sa guérison n'a été due qu'à ta vertu divine. Aujourd'hui, je veux à mon tour t'inonder de mes pleurs. O Jésus! en ce jour anniversaire de votre sacrifice, gravez votre image dans mon cœur attendri. Hélas! c'est pour moi que vous avez souffert cette mort ignominieuse. C'est pour moi, pour expier mes pensées d'orgueil, que la couronne d'épine a blessé de part en part votre auguste front. C'est pour moi, que vos pieds et vos mains ont été percés; pour moi, que votre côté a été ouvert. Je vous vois, victime adorable, dans les bras de votre mère, la reine des martyrs; je vois votre tête divine se renversant sans soutien, votre sang précieux coagulé dans vos plaies et sur vos chairs livides. Que ne puis-je laver ce corps sacré avec mes larmes, et à l'exemple des saintes femmes, vous rendre les honneurs de la sépulture! »

Je me suis endormie avec ces pensées, et le petit bon Dieu de P. m'a bercée d'un calme profond.

Ce matin, la grosse cloche de St-Irénée a fait vibrer les airs de ses joyeux sons. Elle nous a toutes invitées à chanter l'Alleluia, et le temps magnifique que le bon Dieu nous envoie, contribue aussi à nous réjouir.

TABLE DES MATIÈRES

Vierne, imp. Savigné.

www.ingramcontent.com/pod-product-compliance
Lightning Source LLC
Chambersburg PA
CBHW060832250626
47162CB00005B/2038